T0365424

Siete inquilinos y un turista
en el parque de Lansing

Carlos Ortega Piñera

Para realizar pedidos de este libro, contacte con:
Palibrio
1663 Liberty Drive
Suite 200
Bloomington, IN 47403
Gratis desde EE. UU. al 877.407.5847
Gratis desde México al 01.800.288.2243
Gratis desde España al 900.866.949
Desde otro país al +1.812.671.9757
Fax: 01.812.355.1576
ventas@palibrio.com
670309

Biografía

Desde muy joven cuando estudiaba en la facultad de matemáticas de la universidad de la Habana, en debates sistemáticos, entre alumnos, descubrimos que la causa de todos nuestros padecimientos, radicaba en la división sembrada en nuestras mentes.

En 1989 un grupo de estudiantes decidimos entrevistarnos con la máxima dirección del país, y le propusimos realizar un CAMBIO hacia la unidad y el amor, erradicando toda acción de obra y de palabra que pudiera generar en el individuo reacciones neurológicas, y provocar conflictos.

La respuesta del gobierno no se hizo esperar, fuimos sacados de las aulas de la universidad, directo a las cárceles y juzgado por El tribunal supremo. (S.Mateo 7:6)(S.Mateo 7:1-5). La máxima corte no encontró recursos para condenarnos; pero significábamos tanto peligro para ellos que, decidieron liberarnos bajo fuertes medidas de restricción y un severo régimen de desestabilización psicológica, mítines de repudio, constante vigilancia, registros en el hogar, siembra de falsas evidencias en los trabajos, ensañamiento contra la familia, detenciones arbitrarias, amenazas a los amigos más cercanos, para crear el aislamiento social, todo esto en el transcurso de un cuarto de siglo. Lo que propicio mi emigración, a los Estados Unidos.

Ahora, solo le rindo culto a la naturaleza, me siento parte de los lagos, de los parques, del viento de las aves, del silencio, del llanto y de la risa. No pertenezco a un grupo determinado, porque me siento parte del TODO.

Desde aquí le pido a dios, que a todos aquellos amigos y seres queridos que han confiado en mí, les llene la despensa para que no carezcan ni ellos ni sus familiares.(Salmos 37:25).

Y a los que me injuriaron, me encarcelaron, me persiguieron, me condenaron y me exiliaron. Me despierto orándole a dios para que le de diez veces más, porque siempre tuvieron su despensa vacía y no lo sabían. Porque dios no hace excepción, de ser humano alguno. (Marco 6:4)(S.Mateo 13:12) (Colosence 2:8) (Galatas 6:7) (Lucas 21:26-28) (Hechos 17:30-31) (Hebreos 11;1) (S. Judas 10) (S. Judas 13)

Michigan que mirada desde el sol, se asemeja a la mano de una doncella
que se le desrama el agua entre los dedos, y emocionada agita su pañuelo,
dándole la bienvenida al universo.

Prologo

Trabaje durante 18 años como subdirector administrativo en una institución infantil de trastorno de la conducta. Después de muchas indagaciones e intercambios de experiencias, con profesionales terapéuticos, me percaté de que, con demasiada frecuencia se suele cometer el error, de subestimar la capacidad de comprensión de los niños y eso es irrespeto. Invertir en los infantes es cosecha para el futuro (Hebreos 11.1).En esta nueva era espiritual estamos siendo invadido por almas con una conciencia superior a la nuestra (S. Mateo 18.1-5) puede que alguno de nuestros hijos sea un niño índigo y lo ignoremos (Marcos 9.37) Marcos 10.14). El objetivo de este libro es el que los chicos se lo lean a sus padres (Prov. 30.13-14) no para dormir, sino para el despertar (Lucas 17.6)

El diseño social actual ha agotado sus posibilidades estamos en los albores de una transmutación espiritual, ante la evidente obsolescencia de la estructura mundial (S. Judas. 10).Llego el momento y estamos en conteo regresivo para cambiar este mundo disfuncional (Gálatas 6.7) (Hechos 17.30) Los niños son los únicos seres capacitados para mostrarnos el camino de luz que los adultos no alcanzamos ver. (Judas 13)

Veremos una historia que contiene tanta magia que logra, que la fantasía se convierta en realidad. Érase una región maravillosa del hemisferio Norte que dios decoro con hermosos lagos cuando el quinto día en que creo los cielos y la nombro Michigan, dicen que mirándola desde la altura del sol se asemeja a una mano que se le derrama el agua entre los dedos y va agitando un pañuelo, como saludando al universo.

Determino, que a uno de sus lagos fuera custodiado por un parque lleno de flores donde ardillas, aves y venados eran sus moradores. Y los bendijo dios y dijo: que vengan todos los amantes de la naturaleza a deleitarse con tanta belleza. Y fue así que le llamo Jardín de Lansing y fue la mañana y la tarde del día sexto.

Los personajes principales del cuento representan siete estados de conciencia:

El venado la conciencia primitiva lo material, el cisne refleja el comienzo de la transformación de la conciencia, el pavo real el bello renacer, las flores el esplendor la verdad de la conciencia emocional, la ardilla al ascender por los arboles simboliza la conexión con los grados superiores, del plano mental, la paloma con su vuelo alcanza los planos superiores de la conciencia, la tierra es la compasión y el niño que representa la inocencia y el puente entre el plano físico a los planos espirituales.

Entonces, erase un hermoso día, temperatura agradable y un sol reluciente, un verdadero regalo de la naturaleza, Lansing la capital de Michigan, un pueblo introvertido, generoso donde las estaciones del año, son tan independientes y definidas, que ofrece la oportunidad, de disfrutar de cada una de sus peculiaridades. Uno de estos maravillosos días de verano, en la High School Everett se preparaba a los alumnos para comenzar la clase la maestra una señora muy elegante y erudita una verdadera profesional de la pedagogía repasaba el listado de los alumnos todos estaban presente salvo Roberto.

Robertico, como cariñosamente le apodaban sus compañeritos de estudio es un niño muy aplicado y cariñoso pero suele ser muy entretenido.

Ya todo está listo para comenzar la clase de repente alguien interrumpe, la puerta. (Robertico)Permiso maestra.

(Maestra)Roberto le dijo la maestra con cierta autoridad-? Por qué te has retrasado? Eres un alumno propenso a distraerte, no es la primera vez que esto te sucede. Él niño muy apenado escucha el regaño que le propinaba su maestra, cuando termino levanto la mirada tierna como el rocío de la mañana

EVERETT
HIGH SCHOO

Es el único palacio que tiene muchos reyes.

(Robertico)Maestra disculpe pero cuando venía para la escuela, vi a una ardilla que la habían atropellado, la tome entre mis manos y la coloque cerca de unos árboles para que su familia pudiera socorrerla, entonces a la maestra le conmovieron las palabras del niño le dio un abrazo maternal y le dijo:

(M)Está bien estas justificado tienes un hermoso corazón, a propósito la clase de hoy se trata sobre la ecología entonces preparen bien sus puestos y presten atención. Comenzaremos diciéndole que la ecología es la ciencia que estudia la relación directa entre los miembros de una especie, la actividad organizativa y su medio ambiente que es la condición que propicia esa actividad. El hombre ha tratado de doblegar a la naturaleza y la sigue irrespetando. Pues para convivir con ella hay que conocer y respetar sus leyes o de lo contrario termina humillándonos.

Quisiera hacerles un comentario .Ustedes son niños aun, pero la edad de adolescencia es la más importante de toda su vida, es similar a la oruga que sale del capullo y se convierte en mariposa, en este periodo de cambios biológicos, psicológicos, se toman decisiones que definen, el sentido de sus vidas, y de los tantos futuros que existen, ustedes se van a decidir por uno, ahora comienza el pequeño camino que transmuta su estado de conciencia a otra dimensión, donde llegan los que se elevan los otros se quedan en este plano y lo verán como lo transforma físicamente el tiempo pero, notaran como la inmadurez permanece en ellos hasta el fin de su excursión en este planeta, las dudas se apoderaran de esta personas y lo cautivaran en el tiempo .Lo más difícil de aprender es en este camino es el acto de tomar decisiones y el de definir tus relaciones, es una etapa de la vida muy exclusiva, que desafortunadamente cada día empieza más temprano y termina más tarde. Solo llegaran a la madures cuando interioricen que todos los campos energéticos están enfocados en una sola persona y esa persona es usted misma, que el paraíso está dentro de ti, que solo existe un camino para el éxito y ese camino tiene que ser construido por ti mismo, que nadie te puede ayudar, porque el que pretende hacerlo lo que lograra es distorsionarte la realidad, y si buscas la luz en las estrellas, estarás perdido en las tinieblas pues el farol que te guía está dentro de tu corazón.

Por lo tanto no doy calificaciones de examen final, porque la vida se encargara de evaluarte constantemente.

No suelo castigar a ningún alumno, ni tampoco acostumbro a premiarlo, solo tus actos en su proyección ante la vida lo recompensaran o lo condenaran.

Tampoco le exigiré que estudien porque en definitiva en la escuela de la vida, nadie te revisa la tarea, ni recibirás consentimiento ajeno, se encontraran con que los problemas tienen más de una solución y solo ustedes sabrán cuál es la más adecuada.

Todos tenemos un lugar en este planeta, por alguna razón estamos aquí ahora, entiendan que la diferencia entre un genio un hombre común es que el primero encontró su lugar en este universo y el segundo está divagando todavía.

Todos tenemos dentro de sí una fuerza infinita, que nos hace omnipotentes solo si activamos nuestra autoestima, la sacaremos a la luz.

Alcanzar el estado de conciencia crístico es la meta, utilizaremos el método de sustitución del pensamiento. (Filipenses 4:8)(Efesios 4:23)(Romanos 12:1-2)

Cultivar una mente pragmática y saludable, será nuestra estrategia principal (Proverbios 4:23) (Mateo 17:20).

*No hay artista que supere el don de la naturaleza
para elaborar sus obras de arte.*

Suena el timbre para el receso escolar, los alumnos se disponen a recoger sus libros para disfrutar del mismo.

(Maestra) Bien alumnos cuando termine el recreo continuaremos con la charla.-diciendo esto la profesora, todos salieron raudo y veloz hacia el área de recreación.

Mientras tanto en el patio retozaban los muchachos, habían dos que se enfrascaban en coger una manzana de un árbol; pero como estaba un poquito alto decidieron que uno cargara al otro sobre sus hombros, mientras que el segundo la alcanzaba con una pequeña vara además, para neutralizar a la distancia, al final lograron tumbarla, pero una vez sucedido esto comenzaron a discutir por la pertenencia de la misma. El que estaba en la posición de arriba le alegaba a su compañero que había ejecutado la misión más importante pues lideraba el proceso que le correspondía el mayor por ciento de la fruta, la disputa fue tomando tal magnitud que los alumnos se comenzaron a agrupar alrededor de los dos muchachos el claustro de profesores al percatarse de que algo sucedía, decidieron intervenir para atenuar los acontecimientos, la maestra Mis Ada interviene y le da una solución sabia.

(M) Haber denme la manzana que ha provocado tantos disturbios, los niños se la entregan pero le exponen sus razones, la maestra los escucha y los lleva a la reflexión.

Usted alega tener más protagonismo en esta acción porque considera que lideraba el proceso, quisiera que me respondiera la siguiente pregunta ¿Que le sucede a un árbol que no tiene raíces?

(Alumno) Se marchita maestra, muy bien le dijo la señorita Mis Ada asintiendo la cabeza.

(Maestra) Si una torre no tiene fuertes sus cimientos ¿Qué le sucede?

(Alumno) Se derrumba maestra, responde la niña con toda candidez.

(Maestra)¡Correcto! indica nuevamente la maestra.

¿Acaso en la maquinaria de un reloj se puede obviar alguna pieza por pequeña que esta sea?

(Alumno)¡Claro que no porque no funcionaría correctamente!

(Maestra) Cuanto me alegras que comprendas estos razonamientos.

¿Hubieras podido tumbar la manzana si no tendrías a alguien que te hubiera sostenido sobre tus hombros?

No indiscutiblemente maestra, entonces te das cuenta que todos tenemos el mismos nivel de importancia, que somos un complemento del TODO.

El muchacho comprendió la lección. Ahora se disponen a regresar al aula, pues ya ha concluido el horario de receso.

Por el pasillo del colegio, venia sollozando una niña y al aproximarse, la maestra se le acerca y le pregunta ¿qué te sucede?

Es que se me ha extraviado mi mochila, la he perdido y seguro que no la vuelvo a recuperar.

El sol sale para todos pero alguien ha pretendido que el curso de nuestras vidas no esté en armonía con la naturaleza por eso las manecillas del reloj avanzan en sentido contrario al recorrido del sol.

(Maestra) Por favor tranquilízate, necesito que me escuches ¿Cómo te llamas?

(Rebeca) Me llamo Rebeca, respondió la niña entre sollozos y desesperación.

(M) Vamos a ver Rebeca, tranquilízate y escúchame. Cada circunstancia que en la que estas inmiscuida, todos los objetos y las personas que te rodean, perdóname pero son propiciadas por ti.

(Rebeca) Por favor maestra ¿Qué culpa tengo de que me hallan hurtado mi mochila? ¿Crees realmente que no sufro por esa pérdida?

(M) Sé que es muy difícil de entender pero créeme el mundo material este que percibimos, es una creación de nuestras mentes, en tu subconsciente tienes enquistadas varias creencias, y estas se proyectan materialmente en tu mundo exterior. Ahora bien no te confundas, tendrás que saber discernir cuando alegas creer en algo y lo que realmente esta albergado en tu mente; porque la mala noticias es, que nadie ni tu misma tendrá el poder de cambiar las consecuencias de la realidad externa que tu mente ha creado.

Nadie puede robarte, lo que por derecho de conciencia te pertenece, lo que se te perdió regresara a ti de una forma u otra porque es una creación mental que te concierne. Has escuchado el viejo proverbio que dice: "Si amas algo déjalo libre si regresa es tuyo si no nunca lo fue". Aquí hay un mensaje metafísico oculto "nadie te repito absolutamente nadie ni tu misma te pueden deshacer, de algo que te pertenece por estado de conciencias"

La niña, se quedó muy pensativa mientras todos los alumnos regresaba a sus aulas ya el pasillo estaba desierto, el silencio adornaba sus paredes, al final quedaban las siluetas y el eco de una legión de adolescente, que saboreaban el vigor de sus años mozo.

Una vez dentro del aula los alumnos ya en silencio se aprestan para escuchar, pero antes que la maestra comenzara Robertico le sugiere a la profesora.

(R) Maestra en el receso acordamos proponerles realizar una excursión al parque Francés para interactuar con la naturaleza ¿Qué opina usted?

(M) Perfecta idea así podemos, adecuar la asignatura de ciencias a la práctica, si lo desean este mismo fin de semana la realizamos.

Todos estuvieron de acuerdo.

(M) Si todos están de acuerdo entonces preparen las condiciones. Los muchachos muy contentos comenzaron a crear los planes. Pero ahora guarden sus emociones para después y continuemos la clase ¿Bien?

Todos comienzan a organizar sus puestos cuando de repente un alumno pregunta de quién es esta mochila que han escondido bajo mi mesa.

(M) Permíteme verla alguien me confeso que se le había extraviado la suya.

Alguno de ustedes vallan al aula de al lado y pregunten por Rebeca luego pídanle permiso al maestro para que la niña venga un momento. Así lo hicieron dos jovencitos muy dispuestos aceptaron ir a buscar a la supuesta dueña de la mochila. Al poco rato se aparecieron con niña.

Alguien nos distrae para que no descubramos lo que el reflejo del agua nos revela, que somos dioses. Haciéndonos creer que el estado de conciencia de Cristo es inalcanzable.

(M) Ven Rebeca te he mandado a buscar porque hemos hallado una mochila y quisiéramos saber si es la que se le había extraviado a usted. La niña la examina, su contenido y enseguida su rostro afligido le cambio, esta misma es respondió con alegría, Rebeca que por un momento había perdido la esperanza de recuperar todas sus pertenencias, ahora le embriagaba el regocijo, al tener devuelta su mochila perdida.

(R) Maestra Mis Ada no se imagina la alegría que me embarga, ahora tengo que estar bien alerta para que esto no me suceda más.

(M) Que te sirva de lección. Lo que nos ocurre es, que en ocasiones dejamos de estar en el presente y nuestra mente se encuentra en otro lugar y en esos pequeños lapsos de inconciencia es cuando nos suceden las peores experiencias. Y ten en cuenta lo que ya hemos hablamos, si algo te pertenece realmente por derecho de conciencia regresa a ti y si no, es porque no era parte de tu patrimonio. Bueno ahora dame un beso y regresa a tus clases. La niña muy contenta se despidió de la maestra, y mientras tanto se reorganizaron todos para reanudar sus actividades.

(M) Alguien quiere comenzar la clase de ciencias con alguna pregunta, y así introducir el debate interactivo. Nadie respondió la maestra se percato que el miedo escénico , había paralizado, la iniciativa de sus estudiantes. Entonces decide aplicar para atenuar la inhibición .

Existe un gobierno secreto de transgénicos, muy poderoso que se alimenta del desequilibrio de nuestras emociones, cuando expiden energías groseras que son de las que ellos se alimentan. Si logramos nuestra estabilidad emocional dejamos de enviarle su alimento y mueren por inanición. Ese estado de nuestra mente se le denomina AMOR, esa es la única forma de conseguirlo. Tienen apariencias humanas pero son transgénicos son muy difíciles de detectarlos (por sus obras los conocerás) solo con cámaras de alta definición se puede observar transformaciones en su cuerpo cuando se emocionan se les artera el color de la piel y los ojos se tornan oblicuos. Ellos trataran por todos los medios de mantenernos en la ignorancia, para que estemos prisionero de estas emociones que le sirven de alimento.

Quiero que sepan algo que muchos ignoran, todos los procesos en la naturaleza están estructurado, o por siete pasos, o múltiplos de siete bien definidos.

El numero 7 es el de la perfección en la biblia aparece 737 veces, si sumamos estos dígitos reiterada veces (7+3+7=17; 1+7=8) hasta que quede uno solo verán que resulta ser 8, que representa la ley de octava, esta ley está implícita en todos los fenómenos y procesos de la naturaleza. Está compuesta por 7 pasos y actúa de forma espiral ascendente, en el paso número tres y el siete indica la presencia de saltos cualitativos, en todo proceso de la naturaleza. Fíjense el número 737, coinciden el primer digito con el ultimo que serían los dos polos que representan toda la estructura universal, el positivo- negativo y el neutro, según el principio del Kibalion lo dos polos son iguales y en el centro el espacio tridimensional, representado por el 3 que es el nombre de esta ley la ley de tres, es la que se encarga de mover a todos los procesos universales. Entonces todo fenómeno para que comience necesita que se estructure la ley de 3 ahora estos a su vez interiormente son operados por la ley de siete o de octavas.

(A) Maestra usted me puede explicar, porque en el mundo hay tantas injusticias

(M) ¿A que le llamas injusticia?

FRANCES
PARK
GIFT OF J.H. MOORES
CITY OF LANSING

*A dos pulgadas debajo del universo, está escrita la razón
por la cual estamos aquí.*

(A) Si la naturaleza es tan equilibrada como usted dice entonces porque hay tanta superpoblación, tantas personas en la miseria en este mundo, sin recursos básicos para subsistir.

(M)Esa pregunta es muy controvertida y la respuesta está muy cerca de ti. Nosotros los seres humanos somos manipulados con muchos paradigmas. En este planeta existen los recursos suficientes para que vivamos en la abundancia, existen varias fuentes de energías que apenas explotamos que nos aportarían mucho más bienestar del que estamos disfrutando en este momento, como la geotérmica, la eólica el uso del paladio para transformar el agua en energía eléctrica, mediante la absorción del hidrogeno. Pero desafortunadamente, la inmensa mayoría de la producción científica en el mundo está en función del armamentismo, que es la empresa más improductiva para la humanidad, muchas tecnologías que disfrutamos ahora ya les son obsoleta para esas entidades, entonces hay una desarmonía entre la evolución científica y la evolución de las sociedades. La maestra detiene momentáneamente la charla y descubre por las miradas de sus alumnos que se han quedado atónito., y continúa. Los océanos son una fuente inagotable de vitaminas y proteínas para la alimentación de nuestra especie, se considera que la construcción y el desarrollo de criaderos artificiales de peses marinos, mediante la llamada maricultura, alivie sustancialmente a la agricultura.

Con respecto a la superpoblación, eso es otro gran paradigma, nuestro planeta esta despoblado lo que sucede es que los recursos para urbanizar las distintas regiones están mal administrados.

Veamos que la población mundial actual asciende a 7000 millones de personas en una extensión de tierra similar a la de México de 1972550 Km cuadrados, a cada familia de 4 miembros, le corresponden una mansión de 16 metros de ancho por 68.5 de largo y el resto del mundo quedaría vacío para otros menesteres. Aun cuando para el año 2050 la población aumente a 9600 millones de personas, según los cálculos de la ONU, entonces en una extensión similar a la de Brasil de unos 8511965 Km cuadrados a cada persona le corresponderá 887m cuadrados lo que una familia de cuatro miembros bien pudiera vivir en una mansión de 71 metros de largo por 50 metros de ancho. Y el resto del mundo seguiría vacío para otros proyectos.

Propósitos mezquinos y aviesos impiden que la humanidad se beneficie con el descubrimiento científico novedoso, condenando a la población a convivir con tecnología y un sistema de energía obsoleta más de un siglo de atraso. Sucedió que en el filme de Charles Chaplin "El Circo" (1928) se descubrió accidentalmente a una artista suplente hablando por un celular, y en una estación del metro de Moscú una imagen en un cuadro de pintura, un soldado de aquella época con una Laptop, un teléfono celular (1930) objetos totalmente anacrónicos para la época eso evidencia que estas tecnologías que disfrutamos ahora ya existían al menos 100 años atrás.

(A) ¿Pero maestra con qué objetivo se quiere silenciar estos adelantos me parece que eso no tiene sentido, los descubrimientos científicos nos beneficia a todos, es absurdo mantenerlos ocultos, usted no cree?

(M) Tu pregunta es muy lógica, pero está cargada de muchos elementos de ingenuidad.

Existe un escalón entre lo infinito y lo divino, es precisamente en ese peldaño en el que nos encontramos nosotros.

Por lo general cuando un profesional goza de mucha popularidad, es porque le ha vendido su alma al diablo, Albert Einstein para muchos ha sido el físico más popular y grandioso que hemos conocido, pero realidad nunca le llego a los talones a Nikolas Tesla, el mayor inventor de la energía libre y gratuita (tomada del viento solar en los cinturones de Van Allen) que haya tenido la humanidad y de transmisión inalámbrica de electricidad, en 1931 su convertidor de energía movió un auto a 128 km por hora. Logro que toda maquinaria funcionara sin necesidad de carbón, petróleo, gas ni ningún otro combustible, tomando la potencia eléctrica del viento solar. Desafortunadamente murió denigrado en la peor de las miserias, y hasta le desaparecieron sus patentes sobre la energía libre. Los cesares de la industria del petróleo, no les convenía e hicieron lo posible por deshacerse de él. En cambio Albert Einstein, colaboro en la construcción de la bomba atómica, sería interesante leer la Carta de Einstein al presidente Franklin Roosevelt en 1939 sobre la bomba atómica, aunque después se retractó de haberlo hecho pero…

Pero eso es inconcebible, las autoridades tiene que actuar para que no se sigan cometiendo esos atropellos, que afectan a la humanidad.

(M) La humanidad no ha cambiado su conducta desde hace 2000 años los excesos cometidos contra Jordano Bruno, Galileo Galilei, permanecen todavía. Tengan en cuenta que la políticas es sacarle el dinero a los ricos y los votos a los pobres alegando que va a defender a uno de los otros, pero en la vida real todo es manipulación, quien pretenda que un sistema o un líder político, va a mejorar su vida está realmente perdido.

Eso no es el primero ni único caso, existen muchos ejemplos de este tipo de injusticia:

Daniel Dangel un filipino logro que un auto con agua fue sentenciado a 20 años de cárcel.

Stanley Mayer norteamericano también alcanzo que su coche caminara con agua y al presentar su proyecto, misteriosamente murió gritando que lo habían envenenado y su coche desapareció.

Arturo Estevez Varela español en Sevilla dono sus patentes de hacer que su moto funcionara con agua. Las patentes desaparecieron de Arturo no se supo más.

Paul Pantone norteamericano construyo un motor que funcionaba con el 80% de agua, fue condenado judicialmente y encerrado en un hospital psiquiátrico.

John Kanzius norteamericano descubrió convertir el agua salada del mar en combustible, a los 6 meses después murió misteriosamente.

Andraud y Tessie de Motay en 1838 crean el primer coche que funcionaba con aire comprimido. A esta fecha ninguna compañía se ha interesado por tan renovador descubrimiento. El 9 de julio de 1840 en Chaillot corre sobre las pistas un carro con aire comprimido que alcanza 100km por hora.

En 1926 Lee Barton Williams de Pittbur de los Estados Unidos logro un automóvil que funcionaba con aire. La primera locomotora hibrida diésel aire comprimido funciono en Alemania 1930. Nuevamente la industria del petróleo saboteo el proyecto.

Dios nos habla a través de las matemáticas, todo en la naturaleza está correctamente diseñado.

En 1934 Johannes Wardenier construyo el primer automóvil con cero emisión de gases contaminantes del mundo fue encarcelado en un centro psiquiátrico y se le prohibió contacto con el público. Su diseño fue robado y escondido. El propio Nikolas Tesla, una vez que logro que le financiaran su proyecto de energia libre, todos sus inversionistas murieron en la catastrophe del Titanic, salvo el detractor J.T.Morgan que a ultima hora abandon el viaje bajandose del barco con toda su familia.

La maestra termina su explosión, y el aula había un silencio sepulcral. Los muchachos quedaron muy pensativos como si estuvieran rumiando cada concepto nuevo.

Usted insinuó que los sistemas educativos tienen que ser reformados, como lo fundamenta.

(M) Esto es un tema muy delicado y controversial al que muchos maestros temen hablar por temor a represalias, en cualquier parte del mundo. Sucede que los gobiernos han comprendido que el control de la educación es un arma muy poderosa, de manipulación para sus fines. Ahí se condiciona al individuo al nacionalismo dividiéndolo psicológicamente, con el resto de la humanidad esa es la causa principal de los conflictos mundiales, las fronteras, las distintas religiones, enfrenta al hombre contra el hombre, lo vuelve neurótico, ese ferviente sentido de pertenecer a algo es la verdadera trampa, te divide con el resto del universo, el individuo debe pertenecer a el mismo, cuando es miembro de un grupo de una comunidad o una nación está perdido ha caído en una trampa, muy peligrosa. Solo el hombre cuando pertenece a el mismo, y se pone en afinidad con todo lo externo, es alcanzar el goce pleno, de obtener la madures espiritual.

La solución está dentro de nosotros mismos en nuestras mentes ahí es donde se construye las guerras y también la armonía entre toda nuestra especie, solo se necesita un poco de voluntad. Las tecnologías modernas y la producción científica actual son suficientes para generar el bienestar a toda la humanidad. (Eclesiastés 8.9)(Eclesiastés 7.7)

Habrá un gobierno mundial, elegido por los méritos científicos y académicos, no por absurdas razones ideológicas. Para serles más explícita digamos que viajamos en un avión, es muy difícil que los pasajeros conozcan al director de la empresa, seguramente nadie ha tenido que ver con la elección de sus directivos, solo disfruta del viaje porque todo está perfectamente coordinado, algo semejante seria el gobierno global, con funcionalidad.

Estamos en las postrimerías de una nueva era post-ideológica se vislumbra una verdadera revolución espiritual hacia el interior del individuo un despertar de la conciencia. Nadie actúa por simpatía al mal, solo que responde a la evolución de su conciencia, por eso hay que tener compasión con las personas de bajas vibraciones. Hay que valorar a las personas por sus obras y no por su fortuna.

Como dijese el poeta Walt Whitman, "Surgirá un nuevo orden… y cada hombre será su propio sacerdote. Porque, "toda energía la energía del mundo está dirigida a un solo individuo: a ti".

Los maestros mueren de pena, los sistemas educativos necesitan una renovación, respecto a su utilidad práctica, un indígena en su tribu se le educa para enfrentarse a las adversidades de la naturaleza conoce como proveerse de los alimentos las plantas medicinales que pudieran

Al igual que las aves, ningún ser humano esta ilegal en cualquier
parte del planeta en que se encuentre.

utilizar en caso de emergencia, construyen sus viviendas. Paradójicamente en la civilización los egresados de los institutos presentan mucha dificulta para constituir un hogar y con una familia estable. Hoy se adolece de muchas familias disfuncionales. Urge un sistema educativo mundial, homogéneo para todas las naciones.

La inmensa mayoría de las personas, no saben controlar sus emociones, desconocen el auto disciplina financiera, ni saben cómo invertir sus recursos, para generar bienestar, y convertirse en esclavos de un salario, no saben de qué manera alcanzar la independencia ni la solidez económica, por lo general las nuevas generación derrochan todo el patrimonio que heredaron de sus ancestros. Ignoran los principios herméticos. Los sistema educativos mundiales están atravesando por una crisis sin precedente más del 95% de lo que se le imparte a los alumnos no tiene utilidad práctica. Les corresponde a los científicos de la enseñanza realizar una revolución pedagogía. Es importante que en la escuela se enseñe como, tener éxito en la vida de manera práctica y se eliminen tantos conceptos que en la vida real al aplicarlos nos llenan de frustración. Tantas ecuaciones y conceptos oscuros cuyo único propósito es enrarecernos, nuestra visión del mundo y entorpeciéndonos a realizar proyectos viables.

Todos los seres vivos tienen sus propios sistemas de trabajo de manera que puedan resistir a los embates de la naturaleza. Y para ellos se organizan de diversas maneras. Bien en comunidades o solitarios, o en manadas. Es la manera de proporcionarse alimentos, de construir sus cobijas, y sustentar a sus familias.

El trabajo es la fuente de ingreso más digna e importante que debe tener todo individuo en el planeta tierra. En la medida que los salarios sean más elevados, el poder adquisitivo será mejor, de manera que puedan suplir las necesidades básicas del hogar. A nivel social es la única fuente creadora que proporciona el bienestar y la evolución de la especie humana. No se puede escribir la historia de la humanidad sin hacer referencia al trabajo.

Recuerdo unas frases muy ilustrativas de lo que pretendo hacerlos entender del premio nobel de la paz, el Bangladés Muhammad Yunus, creador del microcrédito: "Todos los seres humanos, somos empresarios. Cuando vivíamos en cuevas, éramos autónomos (…) buscábamos nuestra comida y nos alimentábamos solos. Pero cuando llego la civilización, lo reprimimos. Nos convertimos en" trabajadores", y nos dijeron" sois trabajadores", y olvidamos que éramos empresarios.

Más adelante dice que:

"La pobreza no es una condición de los seres humanos, es una imposición artificial"

Se debería revisar las estrategias que utilizaron muchas personalidades, que han tenido una visión y la han desarrollado exitosamente solo siguiendo su intuición refutando, todos los conceptos instituidos, algunos incluso abandonaron los estudios universitarios, ahora son multimillonarios de renombre mundial, como:

Steve Job, Bill Gate, Mark Zuckerberg (Fundador de Faccebook), Michael Dell fundador Dell Computers, James Cameron (Director de cine), Richar Branson, ejemplo clásico del alumno con bajo rendimiento académico dueño del grupo Virgin), Ralph lauren creo a Polo Ralph Lauren,

Díganle adiós al sentimentalismo, si en algún momento experimentan que el mundo les da la espalda, entonces patéenle el trasero.

(con más de 170 tiendas por todo el mundo),Roman Abramovich magnate de la petrolerarusa Sibneft, Larry Ellison fundador de Oracle Software Developement Caboratorias. Jeff Bezos (Amazon.com).

Estas personas evidentemente tenían un perfecto equilibrio, del hemisferio izquierdo y derecho de su cerebro. El ser humano posee siete sentidos y no cinco como nos han hecho creer, además de los tradicionales tenemos el sentido de la inteligencia y el de la intuición, este último es el que muy pocos desarrollan, solo así se convierten las personas en seres excepcionales.

Si los programas de estudios no son capaces de lograr que conviertas todos esos conocimientos que recibes en riquezas, la educación no ha logrado su objetivo, entonces redunda en la frustración de los maestros y el alumnado. Si los programas pedagógicos no logran hacer del ser humano un individuo entonces no tiene utilidad práctica y son anticientíficos.

Cualquier asignatura, hasta las matemáticas que es la madre de las ciencias de por si no tiene utilidad práctica es preciso que se le eduque al hombre como utilizar esas herramientas, que

El estudio de las matemáticas es vital para nuestro desempeño profesional, el nivel de cientificidad que logremos, depende de la calidad de los conocimientos, que poseamos de esta ciencia. Evidentemente las matemáticas, se encuentran en todas las partes de nuestras vidas. Las abejas por intuición geométrica conocen, que la forma hexagonal de construir las celdillas tienen mayor volumen, para depositar más miel con la misma cantidad de cera, que si lo construyeran con otra figura geométrica (exceptuando al círculo).En algunas plantas como la piña, el girasol, la distribución de sus hojas están relacionadas con la serie numérica de Fibonacci, el llamado el ángulo áureo. Otro ejemplo son las cuatros fuerzas de la naturaleza que sostienen al universo son perfectamente traducidas en expresiones matemáticas. En fin dios les habla a los seres humanos, a través de las matemáticas. Sin dudas, estar al margen de los conocimientos de la reina de las ciencias, es perder el vínculo con dios.

La religión que no haga líderes es falsa, la que te dice que esperes por un salvador y no te enseña que tú eres tu propio líder, solo quiere explotar tus sentimientos.

Toda familia que le inculca una religión fantástica o una política a sus miembros estos termina desvirtuados de su personalidad, sus miembros se vuelve adictos, promiscuos, homosexuales, neuróticos, etc. Se necesita de un sistema educativo homogéneo mundial, con verdaderos maestros.

(Alumno) Eso tiene relación con el concepto del hombre nuevo, que por cierto es tan ambiguo que no se logra ver a las claras cuál es su significado, ¿Cómo usted lo definiría?

(M) Este concepto ha sido muy manipulado, ese gobierno transgénico de que les hable se alimentan de las bajas emociones que emitimos, como seres vivos, no quieren que se conozca la verdad, desea que nos mantengamos en la ignorancia (Juan 8:32), para esclavizarnos a sus

Esta imagen nos demuestra que el habitad del hombre es en el interior del planeta y no en su corteza, pues a diferencia de todos los seres vivos para defendernos del clima, para alimentarnos entre otras funciones básicas necesitamos de procedimientos artificiales.

intereses como especie, porque somos un eslabón de su cadena alimenticia. El hombre nuevo es un ser que goza de perfecta autoestima y su fe no la compromete en agentes externos a él. Un ser que no pertenece a un grupo determinado, sino al TODO, no se inmiscuye ni en política ni en religiones, no daña a terceros ni de acción ni de palabras, ni espera porque un mesías, un héroe, o un sistema social, lo vengan salvar. El hombre nuevo no cae en adictiva esclavitudes, comprende que las dificultades son peldaños de una escalera hacia el éxito, está en armonía con las leyes universales de la naturaleza. No juzga solo observa, es simplemente un testigo y nada más Esta consciente que el reino de dios está dentro y fuera de él, que no espera llegar al cielo para comenzar a construir el paraíso, porque ya lo está edificando aquí y en este mismo instante, en el ahora.

Pero el gobierno transgénico, usa todas artimañas y amenazas, para que la humanidad no se libere (levítico 26; 14) (Deuteronomio 28:58-61) (Mateo 5:17-20) (Lucas 16:17).

Cierta vez en una iglesia el cura se encontraba dando un sermón y decía: Tenga fe porque Cristo viene a salvarnos… y dos borrachos que se encontraban en el salón gritaban ¡Mentira ese no viene nada! El cura los ignoraba pero cada vez que continuaba con su sermón ellos le gritaban lo mismo, hasta que el sacerdote no pudo más y les dijo: Si no se callan les llamo a la policía y un borracho le dijo al otro vámonos corriendo que ese si viene.

Ven como cuando alguien los desmiente a estos líderes se desvirtúan y usan la fuerza o las amenazas para someterles.

Hay que tener mucho valor para logar el estado de conciencia del hombre nuevo, las sociedades están muy contaminadas con el condicionamiento y esto es realmente muy peligroso.

¿Alguna otra pregunta?

¿Qué requisitos debe poseer un verdadero maestro?

(M) Puedes encontrarte con alguna persona que sea un instructor, un experto, un líder, o a un gran profesional, pero es muy difícil que tenga categoría de maestro, para ello evalúale su propia vida.

Si es vulnerable a las enfermedades, a la debilidad económica, si lo embriagan los conflictos, no es un maestro. Alguien que espera a que un mesías venga a salvarlo, si no considera realmente que es un dios en potencia ya que estamos hecho a imagen y semejanza del creador, si se escuda en un líder, en un grupo o en una ideología, está muy lejos de ser un maestro.

Si se parcializa o se condiciona, si no entiende que el reino de dios existe dentro de él, si no cree en el ahora, que se debe construir el paraíso aquí en este planeta en este preciso instante y se queda esperando a llegar al cielo para comenzar a construir el paraíso, vive perdido.

Si no conoce los principios herméticos, si desea que lo idolatren, si se frustra antes las adversidades de la vida, si no es propenso a formar líderes, si no cree en el mejoramiento humano. Jamás será un maestro.

*Semejante es el camino que nos conduce a descubrir
la divinidad de nuestro mundo interior.*

Si la ciencia no se quita el sombrero en su presencia, si su vestimenta se empercude, sus calzados no están impecables (1 Corintio 6:19), si en su jardín invaden las plagas, si su corazón está dividido. Entonces sabotea el plan divino.

Un maestro, es símbolo de armonía, humildad, fe y amor. En pos del mejoramiento colectivo y personal. Debe poseer los conocimientos necesarios para ejercitar la compasión, y vencer sin luchar. Recuerden cuando el maestro Cristo decía:" Nadie llega al padre si no es a través de mi" (Juan 14:6), esto significa, que como el padre es dios. Pero como dios es amor, la armonía, solo se alcanza logrando un estado crístico de la conciencia, el equilibrio, o sea para conseguir, ese alto grado de conciencia se precisa de una adecuada estabilidad, mental.

Los alumnos no sabían que responder, sentían como una nueva vestimenta les cubría el alma, alma que yacía desnuda en el fondo de un verdadero abismo? Disculpe pero no nos queda claro lo que usted quiso decir con lo de la armonización, de la mente, pudiera abordar más sobre ese aspecto profesora.

(M) Imagínense que importancia, reviste este estado de la mente que con una correcta armonización no es necesario de la medicina tradicional, ni la natural, ni tampoco de la alopática, homeopática, ni la acupuntura china, inclusive de la hipno terapia, ni de la meditación. Lo que sucedes es que aun los seres humanos están en un estado precario de conciencia, y mucho de estos argumentos los ve como inalcanzables, pero lo cierto es que la física cuántica ha demostrado que creamos nuestra realidad.

La física moderna ha revelado que existe una relación entre el pensamiento y la realidad. Un equipo multidisciplinario de especialistas de la neurología realizó tomografías, la conexión de electrodos, al cerebro, se detectan tempestades eléctricas, derivadas de ese órgano. Además demostró que, en el proceso de nuestras emociones y experiencias se construye, el mundo real.

Permiso profesora usted hemos interpretado, que con la armonización de la mente nos podemos curar, al menos eso fue lo que yo entendí.

(M) Claro ahora les daré una explicación más científica, resulta que tenemos un órgano llamado hipotálamo, que es donde se fabrican las partículas llamadas péptidos, que son pequeñas secuencias de aminoácidos que mezclados producen las neuro hormonas o neuropeptidos. Ellas son las responsables de las emociones que habitualmente sentimos.

Cada emoción tiene diferentes lecturas en los procesos bioquímicos del cuerpo y reaccionan con las células. El hipotálamo se encarga de emitir esos péptidos cediéndolos a través de la glándula pituitaria hasta la sangre que las enviara a las células que tengan esos tipos de receptores en el exterior.

Todas las células tienen conciencia y en su memoria se acoge todas estas experiencias, donde cada reacción química modifica al núcleo de la célula. Por eso es que toda adicción responde a un miedo en tu memoria celular. El sistema nervioso, tiene relación directa con el sistema inmunológico, endocrino, neurológico, con todos los sistemas del organismo, en general. Cada persona a través de sus hábitos establece un automatismo entre la mente los elementos

*No hay poeta que pueda conjugar en su prosa
las metáforas que construye la naturaleza.*

existenciales, dependiendo la salud del equilibrio entre los diferentes elementos sociales-biológicos y psíquicos. Los neurotransmisores, que produce nuestros cuerpos más conocidos son la serotonina, la dopamina, y la noradrenalina, una desestabilización en los niveles adecuados, producidos por los efectos emocionales, son la causa de diversas enfermedades.

Ahora bien pero profesora nos parece que, aquello de que con la mente se crea la realidad es algo ficticio no le vemos fundamento, real eso es teoría que está por demostrar ¿no es así?

(M) Es lógico que piensen de esta manera, porque al ser humano desde que nace lo están, condicionando, con los medios informativos, en las escuelas los llenan de ecuaciones, complicadas, apenas les permiten cuestionar los libros de texto, solo repetirlo lo que hay está escrito y aceptarlo de manera automática.

El hombre que materialmente ha creado satélites, teléfonos móviles, barcos naves espaciales, y en el plano espiritual está en estado muy precario, eso es algo preocupante. Todo está diseñado para evitar el equilibrio entre el hemisferio izquierdo y derecho de tu cerebro, que es la divinidad del ser humano la sincronización de ambos hemisferios. Por lo general escribimos y leemos de izquierda a derecha, cuando debería ser al revés, pues es el hemisferio derecho el que recibe las informaciones del universo con el campo cristico, que le envía al hemisferio izquierdo que es el que ejecuta, mediante acciones.

Inculcándoles absurdas divisiones, (Tito 3.10) (1 Corintios 1.10; 1.13) como el nacionalismo por ejemplo, que induce a pelear contra tu prójimo y morir por un pedazo de tela (Levítico 19.16-18). Por esa razón Albert Einstein decía: "Hay dos cosas infinitas el universo y la estupidez humana".

El universo es una creación mental. (Kibalion)

Nosotros los seres humanos somos dioses en potencia, (Génisis 1.26-27), fuimos creados semejante a dios, pero alguien con mucho poder, como ya les dije está interesado, en mantenernos en la ignorancia, para manipularnos y para ello nos han llenado la mente de escombros, y de esta manera no nos realicemos como tal. (Hebreos 11.6).

Si al ser humano le siembran la duda, esto anula todo acto de fe, porque la fe es la certeza de lo que se espera y la convicción de lo que no se ve (Hebreo 11.10). Solo si tuviésemos la fe del tamaño de un grano de mostaza… (Mateo 17.20).

Maestra que es a lo que usted le llama el campo Cristico

(M) El ser humano es incapaz de reproducir algo que no haya tenido la oportunidad de ver en la naturaleza, toda obra ingeniera tiene su inspiración en los diseños de la naturaleza. Las ciencias biológicas han demostrado que cada una de las especies crea, sus propios diseños para sobrevivir. La invención del helicóptero, está inspirado en el sistema de vuelo de las libélulas, suspenderse en el aire, detenerse y volar en dirección contraria. Pinturas que repelen el agua y la suciedad como la flor de loto. Ventiladores que perfeccionan su eficiencia, asumiendo las espirales logarítmicas de la naturaleza. Existen infinidades de ejemplos, en el cual las ciencias se han estimulado, para realizar diversidades de tecnologías

La naturaleza no quiere dejar lugar
a dudas que no tiene rival y que es la
reina indiscutible de la artesanía.

El internet, no es un caso aislado de estas inspiraciones. El campo cristico, es una red sutil espacial de comunicación entre todos los seres vivos, incluyendo al hombre, el llamado espacio extra sensorial, donde no hace falta los idiomas para comunicarse, es un hiperespacio de intercomunicación psíquica, donde el pensamiento viaja instantáneamente no hay tiempo ni espacio (que el ser humano hace menos uso, por todos los diseños tecnológicos que evitan que el ser humano desarrolle esas potencialidades que tiene innatas), la internet es una copia materializada de lo que es el campo cristico sin dudas. Jesús de Nazaret, se convirtió, en Jesús Cristo cuando elevo su mente al plano superior de las vibraciones, extra sensacionales, hasta el campo cristico o hiperespacio como deseen llamarle. Todos podemos alcanzar ese estado, con adecuada disciplina. El propio Jesús dijo: Esto que yo hago ustedes lo pueden hacer mejor que yo"

El exterminio efectuado con la conquista de América, Diego Velázquez y Hernán Cortez fue un pretexto para eliminar estos conocimientos llamados sagrados, por el gobierno transgénico, para mantener sus propósitos, recuerden que ellos son insensibles y se alimentan de nuestra emociones precarias, de la inmensa mayoría de la humanidad vive esclava, de esos trastornos, por ello Cristo decía: "Solo la verdad os hará libre" (Juan 8:32). Los Toltecas, los Apaches, los mayas, actualmente lo poseen tribus como los Chamanes, Los Hoppi. Simultáneamente Portugal Vasco da Gama comienza su exterminio en la India para que no se expandiera todos esos conocimientos, de las conexiones con estos planos espirituales. Luego el proyecto de exterminio perpetuado en Norte-América Mayflower por los Franceses e Ingleses.

Estos conocimientos, son muchos más avanzados de los que pueda tener el más moderno centro científico en la actualidad, no se les olvide de la visita que le hizo Albert Einstein a los indios Hoppi, en los tiempos que existían aun habían, muchos cabos sueltos para la culminación de la bomba atómica. Varios de los llamados milagro que realizo Jesús fue aplicando, este conjunto de técnicas, muy avanzadas que aún son desconocidas, para nosotros.

Profesora tiene mucha lógica lo que usted plantea, además de interesante. Una última pregunta.

Una madre que ha procreado a un niño no tiene el derecho de quitarle la vida

¿El hecho de que Jehová nos haya creado, justifica que haya cometido tantos crímenes como aparecen registrados, en la biblia? En la biblia más de 2200000 de homicidios cometidos por Jehová Gen [7:23; 19:24; 19:26; 38:7; 38:10; 41:25-54]. Ex [9:25; 12:29-30; 14:8-26; 17:13; 32:27-28; 32:35]. Lev [10:1-3; 24:10-23]. Mum [11:1; 11:33; 14:35-36; 15: 32-35; 16:27; 16:35; 16:49; 21:1-3; 21:6; 21:34-35; 25:1-11; 31:1-35]. Deuteronomio [2:14-16; 2:21-22; 2:30-35; 3:3-6]. Josue [6:21; 7:10-12; 7:24-26; 8:1-25; 10:10-11;10:26; 10:28-42; 11:8-12; 11:20-21]. Jueces [1:4; 1:8; 1:9-25; 3:7-10; 3:15-22;3:28-29; 4:15-16; 4:18-22; 7:22; 9:23-57; 11:32-33; 11:39; 14:19; 15:14-15; 16:27-30; 20:5-37]. 1Samuel [2:25; 4:11; 5:1-12; 6:19; 7:10-11; 7: 11-13; 14:12-14; 14:20;15:2-3; 15:32-33; 23:2-5; 25:38; 30:17; 31:2]. 1 Cronicas [10:6; 13: 9-10; 21:14]. 2 Samuel [5: 19-25; 6: 6-7; 12:14-18; 21:1-9; 24:15]. 1 Reyes [13:11-24; 14:17; 15:29; 16:11-12; 20: 20-21; 20:28-29; 20:30; 20:35-36; 20:42; 22:35]. 2 Reyes [1:10-12; 1:16-17; 2:23-24; 3:18-25; 8:1; 9:24; 9:33-37; 10 :6-10; 10:11; 10:17; 17:25-26; 19:34; 19:37]. 2 Cronicas[22:7-9; 13:17-18; 13:20; 14:9-14; 20:22-25; 21:14-19; 22:1; 24:20-25; 25:15-27; 28:1-5; 28:6; 36:16-17]. Isaias [37:36]. 1Cronicas [5:18-22].Job [1:18-19]. Ezequiel [24:15-18]. Honchos [5;1-10; 12:23]. Romanos[8:32]; 1 Pedro [1:18-20]. Un total de 2287087, muertes propiciadas por dios.

(M) Creo que nos estamos desviando del tema de esta clase, realmente nuestro objetivo es el de abordar el mejoramiento humano y todos los libros llamados sagrados de lo que tratan es precisamente de eso, por ejemplo la bilblia, los vedas, el upanisha, el talmud, el popol-vuhde los mayas, el tora, el tao te – King, por lo se hemos hecho alusión a ellos, no obstante te responderé tu pregunta.

Estos conocimientos son muy difíciles de entender para las personas que no tiene el nivel de conciencia adecuado para recibirlos, de hecho existe una máxima metafísica que dice: "Cuando está listo el alumno aparece el maestro". Los verdaderos maestros espirituales permanecen cayados no se parcializan solo son testigos, no tiene vocación de mártires, un ser humano dormido suele ser muy peligroso. Para ello utilizan tres formas de llevarnos estos conocimientos, influencia A, B y C, la primera es mediante cuentos, como los Siete enanitos, o Blanca Nieves, que tienen mensajes metafísicos bien ocultos, el número siete en el primero, que es número que rigen en todos los procesos universales y el beso en el segundo que significa el despertar de la conciencia. El recurso B es mediante metáforas o parábolas, en el cuándo Rut, se convierte en estatua de sal por mirar atrás eso significa que la mente se petrifica cuando vive en el pasado. Eso no quita que en algún momento cuando haya realizado una traducción de esos textos alguien no despierto haya introducido algún elemento incompatible, con su contenido original. Si dios es amor no tiene sentido que asesine, todo esas historia no son más que metáforas que lleva oculto un mensaje espiritual, de hecho todo maestro iluminado es sinónimo de compasión, nunca va agredir ni de palabra ni de acción a su prójimo, aun cuando sea, injuriado, maltratado, perdona o sea pone la otra mejilla.

Para el mejoramiento humano, se debe tener en cuenta que el hombre vive por los víveres que consumen, el aire que inhala y las emociones que absorben. En la calidad de estos tres elementos radica la calidad de vida. El conocimiento de la combinación de alimentos compatibles y la correcta distribución de los intervalos del tiempo entre una comida y otra la convicción de que las relaciones tienen un carácter primordial y decisivo, la pureza del aire es vital, para una adecuada calidad de vida.

Suena el timbre indicando que se han concluido la jornada escolar los muchachos se disponen a recoger sus libros, organizar el aula y retirarse hasta el próximo día de clases.

(M) Bien muchachos, mañana nos vemos, dijo la maestra en son de despedida. En la mesa de la maestra se encontraban una miscelánea de documentos, folletos, registros docentes e instrumentos de oficina que eran sus confidentes, todos estos elementos compartían los resultados pedagógicos con ella. Mientras los alumnos se marchaban ella organizaba todo su escritorio, una vez terminado se decide a retirarse, por el pasillo que conducía a la puerta de salida la intersecta un señor ya maduro con una personalidad admirable, era el director del centro, el doctor Dalton, se le acerca muy cortésmente y le saluda.

(D) ¿Cómo le va señorita Mis Ada, en este curso? He notado que está realizando una buena compenetración con sus alumnos.

(M) Es que no existen muchachos malos ni bueno, son los métodos pedagógicos los que determinan la calidad del alumnado. Le responde categóricamente al director, que se siente aludido; pero se muestra indiferencia.

(D) Mi auto se ha averiado le molestaría adelantarme, cerca de mi casa, por favor.

(M) No para nada, vamos que lo llevo, no tengo limitaciones de tiempo en estos momentos. El auto de Mis Ada era un Chevrolet moderno de color violeta claro, en el

Venado representa la conciencia
primitiva el materialismo.

trayecto, el director muy sutilmente le introduce un tema de conversación con el propósito de valorar sus convicciones. Mientras tanto en su casetera se escucha una clásica canción de los Beatles.

(D) ¿Le gusta esa canción? Se llama "Imagínate" es de John Lennon.

(M) Si es una belleza, trata sobre la unidad y el amor entre todos los seres humanos. Soy del criterio que ese tema fue el que le costó la vida, hablar de esos temas en un mundo tan condicionado, lleno de tantas incomprensiones y prejuicios, es bastante arriesgado, lo mismo le ocurrió a Sócrates , Cristo , Martin Luther King, Giordano Bruno, y otros que plantearon conceptos muy avanzados a su época, y fueron víctima de la ignorancia. (Proverbios 17: 12). Mientras las luces de los semáforos se van quedando detrás y las imágenes de la ciudad prefieren reflejarse en los cristales del auto, una atmosfera cultural va invadiendo el interior del auto donde viajaban los dos colegas.

(D) Has leído el poema de Pablo Neruda "Tu eres el resultado de ti mismo "Habla de cómo debe pensar y actuar el hombre nuevo. Le manifiesta el señor Estrada propiciándole el tema de conversación más apreciado por la señorita Ada.

(M) Si es un precioso poema, es precisamente es el mismo principio de la revolución de Cristo, que tanto se ha tergiversado. Me hace recordar un fragmento de una de sus frases más desconocidas que dice: "Si alguien te dice que el reino de dios está en los cielos las aves te tomaran la delantera…porque el reino de dios está dentro y fuera de ti", es básicamente una exhortación a liberarse de todo tipo de esclavitud física y psicológica, a convertirte en tu propio líder y maestro ser un individuo independiente en interacción armónica con todo el universo. Precisamente eso, les comente a mis alumnos para hacerlos reflexionar la frase de Albert Einstein, que dice "Hay dos cosas infinitas el universo y la estupidez humana".

(D) Que estimulante me ha resultado conversar contigo, me gustaría platicar un poco más con usted en un lugar acogedor, donde pudiéramos conocer alguna de nuestras intimidades. Me interesaría invitarte a un almuerzo, aceptas.

(M) No estoy interesada en compartir con hombres casados, eso para mí es una situación un poco incomoda. Además en el claustro de profesores usted su reputación es de ser un seductor.

(D) ¿Seductor dice usted? Le pregunta el director, con una sonrisa como el que ha recibido un alago.

(M) Promiscuo para ser más exacta. El director se ha sorprendido desconocía que sus compañeros de trabajo estuvieran al tanto de sus gustos personales, y para obtener más información le pregunta con sutileza.

(D) ¿Usted lo ve mal? Le pregunta con cierta picardía.

(M) Yo no soy quien para juzgarlo, (Lucas 6.37) pero considero un mal habito expresar el sexo de manera irracional, menospreciando su divinidad. Pero eso es muy frecuente en los hogares que se inculca política a sus miembros o alguna religión fantástica que te hacen

El cisne encarna el comienzo
de la transmutacion.

esperar por un sistema mejor o la llegada de un mesías, para que te ofrezcan una salvación. Eso vuelve a los seres humanos neuróticos y esquizofrénicos, desvirtuándolos de su propia naturaleza. Esa es la causa de tantas aberraciones sexuales que padece el mundo en la actualidad, fíjese en las mascotas que conviven con seres humanos como padecen de esas aberraciones que nunca las poseerán en su habita natural.

(D) Indiscutiblemente usted es una persona muy elocuente, además de tener la capacidad de ofrecer momentos amenos, insisto en tener un encuentro para seguir conversando usted tiene temas muy interesante.

(M) No sé si estarás dispuesto a renunciar a muchas cosas (Mateo 19:21) (Mateo 8:22). Ya que insistes con sus propósitos permíteme, darte dos noticias una mala y la otra buena, que están muy relacionadas con sus pretensiones.

(D) Venga la buena primero. Le dice el señor Dalton, con una sonrisa triunfal.

(M) Pues bien reconozco que es una persona muy atractiva a pesar ser un poco maduro y comienza a despertar mi curiosidad, hacia su carisma.

(D) Ya vez nos estamos entendiendo, presiento que se está desmoronando su orgullo. Ahora no oculta su emoción triunfalista del clásico seductor. Y le ordena como habitualmente lo hace con sus empleados, entonces venga la segunda noticia.

(M) Bueno la segunda es que, ya hemos llegado al final del viaje, este es su destino, mañana nos vemos. El señor Dalton se le perdió la sonrisa, evidentemente no esperaba esa respuesta. De todas maneras la invitación se mantiene, este fin de semana a la excursión con mis alumnos. Le incorpora esta frases para sustituir el silencio que dejo el señor Dalton, al bajarse apenas emitió un saludo de despedida. La señorita Ada se sonreía, mientras observaba como la silueta del señor director se perdía dentro del jardín de su casa.

La señorita Ada reanuda la marcha en su auto, cuando siente una voz cándida que le llama

(N) ¡Maestra Ada que haces por esta zona! Le pregunta el niño Carlitos en son de sorpresa, que detuvo su trote pues se encontraba haciendo ejercicios, gimnásticos.

(M) ¿Hola Carlitos tú vives por aquí? La señorita Mis Ada detiene el auto y le pregunta cariñosamente y un poco sorprendida.

(N) ¡Sí! Me encontró haciendo ejercicios para adelgazar pues como ve estoy un poco gordito.

(M) La maestra mira el reloj y se percata que dispone de poco tiempo, pero ella es del concepto de que el maestro lo es fuera y dentro de la escuela, sacrifica sus compromisos por atender la prioridad de todo educador, el alumno. Ahora se baja de su vehículo y saluda a su discípulo. Vine a traer al señor Dalton hasta su casa pues se le averió su coche, cuanto me alegro de verte, que bien eso de realizar sistemáticamente ejercicios está correcto; pero nunca hagas dietas eso es anticientífico, te pueden afectar el organismo. Esto que te voy a decir lo he manifestado en varias ocasiones, pero no voy a desistir de repetírselos, bien lo correcto es aprender a combinar los alimentos e instruirse respecto a

Las flores simbolizan la conciencia emocional el esplendor de la verdad.

cuales son las combinaciones de productos incompatibles para evitarlas, además de ser disciplinados respecto a los horarios así como los lapsus de tiempo entre un almuerzo y otro, dormir las horas adecuadas para tu organismo y ya así de sencillo.

(M) Pero y por qué no vas a un gimnasio, y buscas a un instructor especializado.

(N) Maestra mi familia es muy pobre no puedo soñar con eso.

(M) Si, te comprendo, es una situación difícil, pero no es irremediable como muchos piensan, puedes padecer carencias, pero la pobreza mental es eterna, la miseria esta aparejado a bajos niveles educacionales, pero si quieres ayudar a tu familia, comienza por ti. Ahora me acuerdo de una frase de unos de los clásicos científicos de la economía Adam Smith, que básicamente decía:" Cuando un individuo fomenta su interés propio, sin proponérselo, una mano invisible contribuye al bienestar de los demás mucho más eficaz que si intentase intencionalmente beneficiarlo".

Quiero que veas este dibujo. La maestra, saca una hoja de papel y realiza un dibujo, luego se lo muestra al niño y le pregunta. ¿Que ves aquí?

(N) Es una estrella maestra.

(M) Y si lo giro en un ángulo de 180 grado. ¿Qué es?

(N) Una estrella.

(M) Muy bien y si lo giro con un ángulo de 360 grados, ahora ¿Qué es?

(N) No ha cambiado para nada sigue siendo una estrella.

(M) Entonces, conviértete en una estrella para que nadie pueda cambiar tu naturaleza.

(N) Maestra usted siempre dándonos consejos que persona tan agradables es usted, cuanto me alegra haberla visto. Le dice Carlitos en son de agradecimiento y adulación.

(M) Bueno te dejo pues tengo cosas que hacer y estoy algo atrasada. Me alegro mucho verte, no dejes de participar en la excursión al parque de Lansing, allí vamos a intercambiar con la naturaleza.

(N) No se preocupe allí estaré, todos mis compañeritos tienen tremendo entusiasmo, estamos ansiosos por participar en esa actividad.

(M) Bueno Charly, me voy dame un beso y sigue haciendo tus ejercicios mañana, nos vemos en la escuela, adiós.

(N) Adiós señorita Ada. Despidiéndose la maestra que se montó en su auto y el niño la siguió con la vista agitando su manito hasta que su imagen se la devorara la distancia.

Al fin el día de la excursión llego, todos estaban muy contentos, en el patio de la high school, estaba repleto de estudiantes con sus mochilas y atuendos de excursionistas, a la hora acordada comienzan a llegar el transporte que los trasladaran hacia el lugar de

*La ardilla alude a la conexión con los
grados superiores de la conciencia.*

destino. Los maestros se preparan a organizar a los alumnos y exhortarlo a que tomen el bus. Una vez arribado los transporte, se auto organizan y comienzan a cantar o a realizar pequeñas actividades para amenizar el recorrido, alguien propone realizar adivinanzas otros recitar un poema o hacer algún cuento en fin una serie de actividades espontaneas que le dará entusiasmo y colorido a la actividad recreativa.

(M) Bueno ya comenzamos el viaje, ahora ¿quién tiene la iniciativa de amenizar la actividad?

El miedo escénico se apodera de todos los excursionistas la maestra para darle calor a la actividad decide tomar la iniciativa.

(M) Bueno les recitare un poema espero que después, de esto se les quite la pena.

+El lápiz abandonado (Poema)

(M) Si vez un trozo de lápiz en el suelo recógelo, no vaya a ser que más delante se te ocurra una idea y no tenga conque anotarla No desprecies su aspecto, admira su composición. Con él, sobre una hoja, puedes anotar el nombre de un ser querido, o el numero de un teléfono para pedir auxilio o simplemente buscar una referencia.

Si vez un trozo de lápiz abandonado, no desprecies su aspecto. Con él puedes dibujarte dentro de una burbuja del tiempo donde permanezca tal como estas, sin retrocesos ni prosperidad

O dibujar tus cabellos en conexión con el universo y tu pie descalzo adherido a las vibraciones del planeta.

Si ves un trozo de lápiz utilízalo para escribir tus sueños sobre el tiempo y dibujar tus proyectos dormidos. Porque un lápiz un sencillo lápiz, es el resultado de centenares de obreros que calaron las minas, hacheros que podaron los árboles, de empleados que armonizaron sus talleres en jornadas matutinas, vespertinas o nocturnas, danzando con el sudor y la actividades físicas.

Porque con ese lápiz ese sencillo lápiz puedes anotar el consejo un maestro, que no es más que el resumen de la historia narrada por los abuelos, quienes cultivaron los jardines donde nos enamoramos, los parque donde juegan nuestros niños, la historia que calzamos, para que nuestros pasos sean firmes, y la fuente de su experiencia, nos proporciona los conocimientos para elegir nuestro punto de referencia, y nuestro punto de partida.

Por eso si vez un lápiz abandonado en el suelo, sencillamente recógelo. Que por diminuto que sea siempre será más extenso que tu memoria.

Todo comenzaron a aplaudir a la maestra y se animaron comenzaron a pedirle en coro, otro poema a la maestra (¡otra, otra, otra!). La maestra muy entusiasmada accedió, está bien, pero después ustedes también tienen que participar. Ahora le declamare este otro poema.

(Poema) Transmutación

Un hombre se encontraba sentado encima de un montón de fracasos, y sintió la voz omnipotente de dios que le decía! Levántate, no permita que esa ave carroñera de la nostalgia con su mirada podrida, te debilite!

El pavo real manifiesta el bello renacer.

Para un bello renacer dios calcula sus obras de forma unica, y de alguna manera le ha hecho saber a hombres como Stephen Hawking, que han errado al calcular su potencialidades.

Entonces dios le susurró al oído y con voz tierna le dijo; ¡Deja de ser hombre y conviértete en un individuo, bebe de las mieles aromáticas que te ofrece el universo. Mira a la flor de loto como renace desde el lodo, seduciendo a pintores y poetas!

Entonces fue cuando el mortal, logro levantar la vista y pudo ver la sonrisa de dios que con voz tierna le decía:

Escucha a tu corazón, y no tiembles cuando los perros te ladren, señal es que tu presencia les preocupa. Cuando hablan de ti en bien o en mal, estás haciendo acto de presencia, no eres un inadvertido. Mientras más te alejes de esa montaña mejor le veras la cima.

Eres un ser único e irrepetible, la igualdad no existe, solo es un paradigma para explotar tus sentimientos. Haz feliz a todo el que te rodea. Paga tus deudas y dale de beber a tus enemigos, del néctar de la bondad. Disfruta la sonrisa de los niños. Esmérate todo lo que puedas, desarrollando habilidades sociales, construyendo relaciones esa es la mejor inversión. No permita que la luna manipule tus líquidos corporales.

Entonces dios le susurró al oído, desiste en pretender que los ángeles te levanten, porque nuca lo harán, no aspires a que venga un mesías a persuadirte porque nunca llegara, tu eres mi obra perfecta, yo te hice a mi imagen y semejanza entonces eres un dios en potencia, tienes que darle el acabado a la obra que yo inicie, levántate sacúdete el sarcasmo, vístete de autoestima y renuncia al lamento, que solo te traerá más inconvenientes

Entonces se levantó y cuando miro bien lejos fue cuando se ilumino y la sombra que siempre le acompañaba debajo de sus pies desapareció, percatándose que se había convertido en sol.

Todos comenzaron a aplaudir, ya la excursión entraba en un ambiente acogedor, los muchachos comenzaban a animarse, cada intervención decoraba el trayecto, en el ómnibus, lo que hacía más ameno su recorrido.

(N) ¿Es cierto que existen extraterrestres? Tiene alguna información al respecto háblenos de ese tema.

Los matemáticos especialistas en probabilidades, han determinado de que la posibilidad de que estemos solo en este universo es prácticamente nula. Además la geometría vectorial, la existencia del espacio de Minkoski, de Rieman o el de Lobachesky, desmoronan los conceptos tradicionales del espacio. El desconocimiento de estos espacios, no niega su existencia.

Como les comentaba, los matemáticos especialistas en geometría no euclidiana, como la de Lobachesky, han demostrado que existen infinitas dimensiones luego eso demuestra que vivimos en un multiverso y no en el universo como erróneamente nos han hecho creer, estos universos paralelos se comunican mediante túneles, donde el tiempo es nulo, esto explica cómo pueden trasladarse civilizaciones de una galaxia a otra en un tiempo impresionante que a nuestra civilización le significaría miles de años e imposible de realizar. Además de aplicar la tele transportación, ya que somos campos de energías a baja vibración, seres que multiplican la vibración de sus células y se convierten en campos de energías entonces viajan por el espacio virtual.

Paloma volando: La paloma simboliza el vuelo hacia los planos superiores de la conciencia.

Nos han condicionado tradicionalmente a paradigmas que hemos arrastrado de una generación a otra. Pero, nuevos campos de energía están invadiendo a nuestro planeta, comenzamos una nueva era espiritual una transición hacia EL AMOR UNIVERSAL. El comienzo de esta nueva era, le abre una nueva concepción del mundo en que vivimos. Por ejemplo, si todos los procesos de la naturaleza, son regido por siete pasos bien definidos o múltiplos de siete, entonces es un error como está distribuido nuestro calendario, respecto a los meses, debería ser que estén dispuestos cada 28 días, entonces, en vez de 12 serian 13 meses del año, más el día del creador, 28 x13 es igual a 364 más uno son los 365 días del año. La composición de los astros tiene relación con los comportamientos de las sociedades y con la conducta de las personas, lo que sucede es que los signos del zodíaco no guardan relación con la verdadera disposición de los meses, de ahí que se muestren tan contradictorios para la mayoría de las personas. El universo esta matemáticamente diseñado, porque dios se comunica con los seres humanos, a través de las matemáticas. Bien pero no quiero desviarme del tema, muchos platillos voladores que se han observado vienen desde el centro de la tierra, y no de otro planeta como se piensa, entonces son infra terrestre los que nos visitan, por llamarlo de alguna manera, los polo de nuestro planeta, no son ovalados como se piensa más bien son huecos, vean cuando ponen a funcionar una batidora la fuerza centrípeta genera un hueco, hacia el centro. Dentro de la tierra, es donde hay mejores condiciones de vida es como la cascara de una fruta y su contenido interior, que es superior en todos los aspectos. Dicen que muchas de las civilizaciones que misteriosamente desaparecieron como los mayas se encuentran en el interior de nuestro planeta. Creo que esto responde su curiosidad. Ahora continuemos.

(Maestra) Alguien quiere recitar un poema o narrar un cuento o realizar una adivinanza. Todos podemos participar y hacer más amena la excursión.

Yo maestra, dijo María una apasionada alumna que iba como pasajera, quien se atreve a responder ¿Por qué el cielo es azul?

Todos hicieron absoluto silencio, de repente se oye una voz ¡la tengo!, era el chofer del ómnibus escolar, una muchacha afroamericana relativamente joven que evidentemente tenía bastante instrucción.

(Chofer) Bueno resulta que la atmosfera durante el día filtra todos los colores menos el azul que es el único que atraviesa sus capas, algo similar sucede en la atmosfera del planeta martes pero con el color rojo. Por esa razón al sol lo divisamos de un color rojizo amarillento y no blanco esto es el resultado de extraerle el color azul a la luz blanca que es la suma de todos los colores.

¡Muy bien! Se sintieron exclamaciones, de aprobación y aplausos de los alumnos

Bien dijo la maestra ahora les quiero recitar otro poema se llama "Volver a empezar" escuchen:

Un gorrión llego a mi balcón

fue a depositar su cansancio

después de atravesar el universo, sus alas

cargaban años de angustia y alegría

Cada vez que emprende el vuelo significa volver a comenzar

Nadie mejor que él sabe cuánto cuesta, levantar el vuelo una vez más.

La vida no es fácil pero si continua, nunca se sabe que hay al otro lado del corazón.

Si te empeñas en que el próximo viaje sea uno de los mejores

Clasificaras como emigrante con destino a tus sueños

Que nunca te fallen las fuerzas por que ni tus amigos, ni tus enemigos

Tendrán piedad de ti, la soledad te hará compañía mientras no te repongas.

Siempre encontrará un balcón adornado de esperanzas, donde reposar la travesía, pero en cuanto desistas de retornar el vuelo, las platas ornamentales del jardín se marchitara, y en los balcones las ventanas cerraran sus persianas

La maestra concluye su declamación y los muchachos comenzaron con su algarabía mostrando su aceptación

(Maestra) ¿Bueno ahora a quien le toca?

Varias voces se oyeron al unísono a mí, a mí, disputándose el turno para amenizar la travesía. Con orden dijo la maestra para organizar la actividad. Voy a cederle el turno a José que parece que trae algo interesante a juzgar con la efusividad que está pidiendo la palabra.

Haber José que traes

(José) Vamos a ver quién se atreve a responderme esta pregunta ¿Por qué el sol no se apaga?

¡La tengo ¡ dijo la conserje que iba como personal de apoyo, era una muchachita menudita tenia rasgos latino. Todos hicieron silencio pocos sospechaban que una simple conserje fuera dar una respuesta de esa magnitud.

(Conserje) El sol es un inmenso, reactor nuclear, la fusión de átomos de hidrógenos dan origen al helio, esa mega explosión libera energía tan grande que nos alimenta a nosotros. Esos átomos de helio salen a una gran velocidad pero son reabsorbidos por la gran fuerza de gravedad que ejerce el sol en este regreso hay tanta fricción que se realiza el proceso contrario convirtiéndose en hidrogeno nuevamente este proceso se repite en forma cíclica lo que provoca que ese astro se mantenga encendido.

Todos comienzan a aplaudir pues quedaron sorprendidos por la respuesta del conserje. Y se escucharon exclamaciones un tanto indiscretas como ¡Quien lo iba a decir que una indígena supiera tanto!

Estas exclamaciones colocaron a la maestra en una posición un poco complicada y no le quedó más remedio que hacerles una aclaración al grupo de estudiantes.

(Maestra) Esta actitud de muestra que muchos de ustedes tienen algunos prejuicios, respecto a otras culturas. Permítanme decirles que muchas culturas como los mayas, los incas y aztecas tenían altísima conocimientos de astronomía y de matemática, todos sus legados mostraban considerable lucidez, sabiduría e inteligencia. Varias de estas culturas, guardaban muchos secretos, de gran utilidad para la humanidad. Por los años 1931 el científico Albert Einstein visito a los indios Hopi, en la región de Arizona, por aquellos tiempos faltaban muchos detalles para la fabricación de la bomba atómica estos indios le proporcionaron al científico

Dios nos observa a diario él
sabe todos nuestros pasos
[San Judas 10].

conocimientos misteriosos relacionados con el tiempo y propiedades físicas de la luz, que le fue de mucha utilidad para sus investigaciones.

Casualmente llevo en mi cartera una copia de la carta redactada por el anciano indio Hopi

Escuchen se las voy a leer:

Carta del Gran Abuelo de los Indios Hopi en 1920

"No basta con que el hombre sea feliz en su carne, sino que debe ser feliz en su espíritu. Porque sin felicidad y fuerza espiritual la vida es engañosa. Sin buscar las cosas del espíritu, la vida se vive a medias y está vacía. Por vida espiritual no quiero decir el apartarse una hora de un día para estar en adoración] (meditación, rezos), sino buscar las cosas del espíritu cada hora de cada día. Les pregunto: ¿Qué hizo esta gente para encontrar iluminación y fuerza espiritual? Sólo se dedicaron a una vida que tenía poco más que trabajar. Se les dio la oportunidad cada día de sus vidas – tal como a Uds. les será dada la elección de buscar la fuerza del espíritu o resignarse a una vida de trabajo sin significado. El resultado es siempre el mismo: sepulcros olvidados y sueños olvidados, de olvidadas gentes. No es importante lo que alguien recuerde, sino alcanzar a Dios y sostener una posición positiva del Espíritu Que Mueve Todas Las Cosas, trayendo la conciencia del hombre más cerca del Creador

No basta con buscar las cosas del espíritu a un nivel personal. Es egoísta hacerlo así, y quienes buscan lo espiritual sólo para sí mismos no están buscando cambiar al espíritu que se mueve a través de los corazones de los hombres. Ellos están escapando, eludiendo su responsabilidad y usando su conocimiento para su propia glorificación. Un hombre espiritual debe trabajar por un principio, por una causa, por una búsqueda mucho mayor que la glorificación de sí mismo, para cambiar el espíritu que dirige a los hombres hacia su destrucción.

Intentar vivir una vida espiritual en la sociedad moderna es el camino más difícil que se puede recorrer. Es un camino de dolor, aislación y pruebas de fe. Pero es el único camino que puede hacer nuestra Visión una realidad. La verdadera búsqueda en la vida, es vivir la Sabiduría de la Tierra dentro de los confines del hombre. No hay iglesia ni templo que necesitemos para encontrar la paz, porque nuestros templos están en la naturaleza. No hay líderes espirituales, porque nuestros corazones y el Creador son nuestros únicos líderes. Nuestro número es reducido, porque pocos hablan nuestro lenguaje o comprenden las cosas que vivimos. Así, recorrimos solos nuestros caminos, porque cada Visión, cada búsqueda, es única para cada individuo. Pero debemos caminar en la sociedad o nuestra Visión morirá. Porque un hombre que no vive su Visión, está viviendo su muerte."

Muchos se quedaron estupefactos con las narraciones de la maestra. Entonces para reanimar la excursión animo a seguir proponiendo juegos de participación.

Bueno alguien que formule, otra adivinanza. ¡Yo! Dijo Robertico.

¿Quién sabes por qué una gallina siendo negra, pone huevo blanco?

Todos quedaron, muy intrigados y pensativos pero nadie encontró la respuesta y se dieron por vencidos.

(Robertico) Bien como nadie responde se los diré la gallina negra pone el huevo blanco porque le sale del…La maestras se percata de la intensión del joven y lo interrumpe abruptamente ¡No por favor, estamos en una actividad de la escuela y no se admiten palabras obscenas mantengamos las normas disciplinarias. Todos comenzaron a reírse porque se percataron de las intenciones de su compañerito.

(Robertico) Entonces les hare un problema matemático, tres amigos Juan Pedro y Josué decidieron merendar y encargaron comida para los tres raciones de comida para cada uno entrego 10 pesos y a Josué le encomendaron buscar el encargo con los 30 pesos al regreso Josué les comenta a sus amigos que le había costado 25 pesos en total y le habían sobrado 5 pesos, entonces les devuelve un peso a cada uno y les dice cada uno de nosotros ha recibido un peso de regreso entonces quiere decir que cada uno ha gastado 9 pesos, luego 9 por tres 27 pesos más dos que me quedan en la mano suman 29 pesos entonces falta un peso donde se ha perdido.

Después de un breve lapsus de tiempo todos se dan por vencidos y le exigen a Robertico que de la respuesta a lo que responde. Señores me van a perdonar pero la abeja nunca revela como hace la miel. Quédense con la duda.

Todos los que viajaban en el ómnibus se percatan de las intenciones de Robertico y comienzan a reírse pícaramente.

Finalmente el recorrido ha concluido una vez llegado al parque, la maestra organiza al grupo y comienza a darle orientaciones.

Al bajarse del ómnibus, el niño Robertico, en su deleite con las flores se enajcna tanto que quedó rezagado de su grupo, su primer encuentro fue con una abeja.

(Abeja) ¿Tú eres el famoso Robertico? Tú me estabas buscando me has llamado tantas veces, con tus pensamientos y aquí me tienes. Ahora vas a aprender cómo hacemos la miel, te lo confesare, el néctar que tomamos de las flores lo depositamos en nuestro buche y le agregamos saliva, de esta manera transformamos la sacarosa en glucosa luego nos la pasamos unas a las otras más de 80 veces para deshidratarla y con nuestra enzima concluimos el proceso de convertir el néctar en miel. Diciéndole esto sin que el niño le preguntara duda alguna le dio un picotazo en la nariz, dando un salto de dolor, lo hace rodar por el césped.

(Robertico) ¿Porque me picas le pregunta aterrado el niño a la abeja?

Del dolor y el sufrimiento también se aprende (Santiago1:2-4).Le responde mientras seguía rodando por la hierba. Desesperado se incorpora, se dispone a correr para evadir la agresión del insecto, en su carrera descontrolada tropieza con un venado.

Al percatarse que estaba extraviado trata de localizarlo, pero en su afán tropieza con un Venado que le increpa de manera arrogante.

(Venado)-¿Por qué no atiendes por dónde caminas?

(Robertico)—Disculpe me entretuve Y se me ha perdido mi grupo-responde el niño con cierto grado ingenuidad.

Como es arriba es abajo.El mundo es una creacion mental. Todas nuestras emociones aberradas se condenzan en los planos espirituales y luego se precipitan sobre regiones enteras creando desatres naturales o desordenes sociales

(Venado)-Cierto es que ustedes los humanos cuando dejar de pertenecer a un grupo se desconciertan Le riposta con cierta arrogancia.

(Robertico)-No me gusta su tono señor Venado, pero si objetivo es el de incomodarme le confieso que lo ha logrado.

Muy cerca se encontraba una ardilla que procuraba algún alimento pero al escuchar el tono que iba tomando la conversación decide intervenir.

(Ardilla)-Por favor señor venado ya el niño le pidió disculpas,, acéptelas y deje que continúe su camino.

(Robertico)Gracias señora ardilla, resulta, que soy un activista ecológico y me dedico a cuidar de la naturaleza y los animalitos.

Es una vieja costumbre que donde hay más de dos debatiendo algo que comiencen a acercarse curiosos, un cisne, un pavo real, una paloma y un ramos de flores del jardín, sin que nadie los convidaran decidieron solidarizarse con el vedado.

(Cisne)-Así que usted le encomendaron la tarea de cuidar de los animales y la naturaleza! Quiero hacerle saber que no le aceptamos ese tono excluyente, en el que se ha manifestado! Le increpa con aire de autoridad.

(Robertico)Mire con el mayor respeto pero yo no he dicho nada que pueda ofenderlos le responde el niño con la inocencia que le característica.

(Pavo Real)Usted no se ha percatado de la forma despectiva con la que nos ha tratado.-Intervino el pavo con cierta ironía

(Robertico)-Evidentemente aquí hay un mal entendido, en ningún momento he pretendido humillar a nadie si dije algo ofensivo les ruego que me disculpen porque no fue mi intención. Ahora lo que no entiendo es en estriba mi ofensa.

(Flores)-Indiscutiblemente el joven a activado con inocencia muestra del desconocimiento que adolece la especie humana en el actuar del muchacho no hay doble intención simple y sencillamente ha actuado cándidamente. Intervienen las flores de manera concluyente.

(Paloma) Una paloma desciende desde los árboles y se posa a los pies del niño y con dulce voz le explica mira jovencito, no cabe duda que estas desconcertado, por la actitud de los moradores del jardín, lo que sucede que ustedes los seres humanos se consideran ajeno a la naturaleza pero lo cierto es que somos un solo cuerpo en multiplicidad de seres vivos.

(Tierra) De repente se siente una voz fuerte pero maternal. Soy la tierra y he escuchado todos sus debates muy interesantes permítanme hacer una observación yo soy un ser vivo y sufro estrés igual que ustedes; pero lo manifiesto de diversas maneras, ya sea por terremotos, volcanes, tormentas y otras expresiones climáticas, lo que a ustedes les sucede me afecta a mí porque somos EL TODO.

De repente se escucha la risa burlona del pavo real.

*Semejante a este túnel es la conexión
entre el mundo material y el espiritual.*

(Pavo real)Así que ustedes los seres humanos fueron creados a imagen y semejanzas del creador para que señoreen en toda la tierra y sobre todos los animales (Genesis1.28) pero lo cierto es que en el estado que se encuentran actualmente no son dignos de ocupar ese liderazgo.

El rostro de Robertico se torna algo confundido, entonces una paloma se le posa en el hombro y le susurra en el oído.

(Paloma)Desafortunadamente ustedes los seres humanos van de mal en peor tienen la conciencia dormida abrazando falsos valores, están caminado sobre un campo minado (Judas10).Al abandonar las leyes dela naturaleza (1Timoteo1.8).

Las flores se percatan del estado de inhibición en que se está refugiando Robertico y decide intervenir para armonizar el dialogo. Mientras tanto una corriente de aire tenue comienza a acariciar el escenario.

(Flores) Perdónanos por lo que estamos comentando cierto es que la verdad dicha sin amor es humillante, pero ese no es nuestro objetivo, lo que se quiere es un despertar en la conciencia.

El venado interrumpe elevando el tono acusador! Haber muchachos! Dicen que los humanos son la especie superior a nosotros.

¿Pueden ustedes sin necesidad de cubrirse la piel soportar los cambios de temperatura? Tienen cinco sentidos muy inferiores a los de nosotros.

Su olfato no alcanza detectar olores como lo hace un perrito.

Ni sus ojos pueden hacer uso de los rayos infrarrojos, como lo hacen las aves.

Ni tampoco sus oídos alcanzan escuchar el ultrasonido como los elefantes.

Su sentido del tacto no perciben los campos magnéticos. Tampoco tienen sensores en la lengua como las serpientes

La ardilla se siente un poco incomoda con el énfasis con las que el venado está haciendo esta comparaciones y le interrumpe.

(Ardilla) Venado por favor el talento sin amor es arrogancia (Efesios5.14)La ardilla le explica a Robertico con palabras más dulces logrando que el niño se sienta más cómodo psicológicamente y abandone su posición de autodefensa –lo que se quiere es que comprendas que más allá de tus cinco sentido, las leyes de la naturaleza funcionan y hay manifestaciones de vida en otros planos de la existencia , le llaman el espacio cuántico, se conecta mediante el cístico que desde donde se comunican todos los seres vivos incluyendo las plantas.

(Tierra) La tierra Se percata de que el niño apenas comprende lo que le quieren decir, el venado y la ardilla pues el silencio de Robertico era más que elocuente.

Mira muchacho-- interviene la tierra con voz dulce pero concisa ---los seres humanos fueron creados a imagen y semejanza del creador lo que significa que tus pensamientos son los que construye el mudo material que te rodea, pero muchos lo ignoran, pero el hecho de que no se

Lansing es la capital de Michigan
la tierra de los lagos

tenga conocimiento de esto no significa que la ley deje de funcionar. El universo es un producto mental donde todos los pensamientos se materializan (Efesios 4.23)

Los rayos del sol acariciaban las aguas del lago, manadas de cisnes y patos realizaban una danza en las riveras del lago, el viento seguía coqueteando con las flores, al tiempo que las ardillas con las flores escalaban por los árboles.

Robertico estaba un poco pensativo, como rumiando en su cabecita todos los conceptos e ideas nuevas que le habían proporcionado sus interlocutores.

(Cisne) si e queda claro que todo lo que te ocurre todo lo que te rodea lo creas con tu conciencia de tu estado de conciencia depende la calidad de tus pensamientos, comprendes que eres el único responsable de la realidad que te rodea.--- Robertico frunce los ceños con ademan de aceptación

(Pavo Real) El pavo real comienza un derroche de orgullo, abre su abanico y se le acerca al niño preguntándole con vanidad ?Tienes conocimiento de algún pavo que tenga que someterse a una dieta para bajar de peso?

El cisne que no quiere perder la oportunidad para interactuar, se le acerca y le susurra en el oído. ¿Acaso has conocido de un cisne que necesite usar espejuelos?

(Ardilla) Nosotras no padecemos de acides después de las comidas

(Paloma) Ninguna ave en su estado natural tiene conductas aberradas.

(Flores) tienes conocimiento de superpoblación de flores en alguna región?

(Venado) El venado interrumpe con su característica arrogancia! Ustedes se han apartado de las leyes de la naturaleza y mientras más se aparten peores serán las consecuencias, pues en la naturaleza todo esta matemáticamente diseñado, todo es perfecto equilibrio, todo fluye con automatismo, las estaciones del año, los días y las noches, el tiempo de las rosas y el de las frutas, todo tiene su tiempo (Eclesceastes 3.1-15)

(Tierra) Cierto es que dios se comunica con los seres humanos a través de las matemáticas. De hecho las cuatro fuerzas universales son interpretadas perfectamente con ecuaciones matemáticas. La ley de gravitación, del electromagnetismo, la fuerza de interacción fuerte y la de interacción débil. Además de las leyes de Kepler que calcula todos mis movimientos alrededor del sol.

Dios es amor ni te premia ni te castiga solo pone las leyes si las cumple tendrás bendición si las incumple a ya tú con tu condena (Salmos 36.25)

Los humanos --- continua la tierra con su alocución—hablan de superpoblación nada más lejos de la verdad. En una extensión de tierra como la de México (1959248 km cuadrados) siendo la actual población mundial de 7000 millones de personas le corresponde a cada habitante de este planeta 280 metros cuadrados, por lo que a una familia de cuatro miembros bien pueden

Si algún día llegas a Michigan no olvides pasar por el
parque de las flores de Lansing veras que sus inquilinos
tienen algo interesante que decirte.

vivir en mansiones de 56 metros de largo por 20 metros de ancho y el resto del mundo quedaría vacío para otros menesteres (Colosense 2.8-9)

La tecnología moderna es más que suficiente para alimentar a la población mundial multiplicada por tres (Mateo 6.25-23). Pero los hombres están dormidos abrazan falsos valores (Éxodo 20.4-5) (Judas 130(1 juan1.15-17) (1Juan3.6-8; 5.4) (Apocalipsis 3.16) (Hechos 17.30)

La superpoblación, la miseria no existen solo es un subproducto de la mente humana, los pueblos en su evolución tienen edades psicológicas que van desde el salvajismo a la barbarie luego a la civilización por último se iluminan cuando alcanzan a encontrar la luz de la sabiduría, como lo han hecho los Mayas y los indios Hopi

Ya va cayendo la tarde el sol comienza a besar al horizonte los ineptos nocturnos abren el telón y le dan riendas suelta al concierto vespertino. Robertico esta deslumbrado con tanta información que es absolutamente novedosa para él.

(Cisne) El cisne sale del lago se sacude sus plumas húmedas y lentamente se acerca al niño, lo mira fijo a los ojos con una expresión acusadora, y con voz baja casi susurrándole le pregunta ¿Sabes cuál es el peor pecado que comete tu especie?

(Robertico) El niño se queda pensativo y le responde, bueno se de los siete pecados capitales pero… explícate mejor a que te refieres no entiendo a dónde quieres llegar. Sol conozco los siete pecados capitales que son:

La lujuria, la gula, la avaricia, la pereza, la ira, la envidia, y la soberbia

(Cisne)Estás muy lejos de la verdad, el más grande de todos sus pecados es la división que les proporcionan las ideologías políticas y las religiones fantásticas.

La ardilla que estaba a la expectativa y llega a la sazón de la conversación.

(Ardilla) Perdone que me inmiscuya pero lo cierto es que en la naturaleza usted nunca encontrara una ardilla ni de izquierda ni de derecha, ni cristiana ni atea, tan solo somos ardillas y ya (Tito 3.10-11) 9Mateo 12-25) (1Corintio 1.10)

El pavo real que no quiso quedarse fuera de ese tema al momento sugirió.

(Pavo Real) Perdónenme pero soy de la opinión que esas divisiones que poseen ustedes son la causa de tantos conflictos en tu especie, los animales matan por hambre para darle continuidad a la cadena alimenticia pero ustedes matan por ideología vánales (Isaías 59.2) (Romanos 7.17) (Judas 10)

Entonces las flores que no quieren dejar de dar su aporte.

(Flores) Los seres humanos deben de retornar las leyes de la naturaleza sino quieren perecer como especie. Aún más sabiendo que solo ustedes u los ratones se adaptan a vivir bajo cualquier circunstancia.

El niño asienta con la cabeza levanta la vista en busca de compasión ahora su Mirada se extiende a el infinito, sus bracitos se desploman y con los hombros caídos deja escapar una frase.

(Robertico) pero cuando alguno de nosotros deja de pertenecer a un grupo se convierte en blanco de las peores afrentas.

La paloma que volaba por encima de ellos va mucho más allá en su intervención es más enfática.

(Paloma) para nosotros no existen las fronteras, las naciones, las banderas todo eso representa la división, y esa segregación va en contra de las leyes de la naturaleza (Lucas 11.17)

Al escuchar eso el niño se queda tan absorto que no pronuncia ni una palabra solo se mantiene escuchando la tierra observa el estado de inhibición del jovencito y decide intervenir.

(Tierra) Escucha muchachito para que se lo transmita a todos tus amiguitos el peor de los pecados que padecen los individuos es el de estar divididos cuando un individuo pertenece a un grupo está perdido a caído en una trampa emocional y el hecho de identificarte con ese sector te recluye a una prisión mental entonces eres un esclavo de las circunstancias luego te desarraigas de tu propio ser y comienzas a caminar a tientas como en la oscuridad y te comportas con conductas aberrantes. El hombre debe pertenecer a el mismo, y para este proceso no hay métodos ni procedimientos ni tan siquiera nadie que te pueda enseñar cómo se hace, tienes que hacerlo tú y solo tu nadie te puede ayudar y el que lo intente te está manipulando, porque la libertad es responsabilidad y el pecado es todo lo que te haga perder la armonía, porque solo verán las estrellas los que logren mirar hacia el cielo(Gálatas 5.1) Ahora aparece un arcoíris que representa la sonrisa de la tierra cuando siente compasión.

Aprovechemos que el sol todavía nos ilumina y quiero ensenarte quien es el ser más importante del mundo, asómate al lago y mira entre las aguas cristalinas y dime que ves.

El niño muy intrigado y con una ingenuidad extrema se asoma al lago pero no ve nada sorprendente y le responde a la tierra.

(Robertico) Señora tierra aquí no hay nada de extraordinario solo veo el reflejo de mi rostro.

(Tierra) Pues se equivoca, y eso denota falta de autoestima ese reflejo que acabas de ver es precisamente el hombre más importante del mundo para usted. Ahora asómense todos. Al instante se reunieron el cisne, el venado, la paloma, las flores, la ardilla, Robertico y el pavo real.

¿Díganme que están observando? Le pregunto la tierra y sutilmente los llevo a la reflexión ven ahora ustedes son los más importantes del mundo porque somos el TODO considérense como un organismo que ningún órgano es más importante que otro, todos cumplen una función, por alguna razón están aquí en este planeta (1Corintio 10.17) (Romanos 12.4-5) (Colosense 2.2) (Efesios 4.13-16) (1Corintios 1.10)

Vean la maquinaria de un reloj mecánico tiene decenas de piezas una más grandes, otras más exóticas pero todas son importantes por alguna razón estar incorporadas al sistema, así funciona la sociedad todos tiene el mismo nivel de importancia (Tito 3.10)

Al igual que todos los planetas yo también estoy suspendida en el cielo, entonces. No hay que esperar de ir al cielo ya estamos en el por lo que de hecho estamos en condiciones de crear el paraíso aquí y ahora mismo, que no se siga postergando este sueño. La división es la causa de los conflictos y de la miseria humana solo el Amor y la unidad pueden salvarnos (1 Juan 4,7-8) (Mateo 19.19) (Lucas 6.27-36) (Lucas 13.18-19)

Hoy en la especie humana solo hay dos razas muy bien definidas están los de aura gris que son: LOS QUE NO SABEN y los de aura azul que son los que: SABEN QUE NO SABEN y la bendición llegara en cuanto los primeros abandonen ese estado de conciencia (Gálatas 6.7) (Hechos 17.30) (Juan8.32) (Lucas 16.13)

Ahora todos se sentían algo consternados como cuando uno sale de la oscuridad y tanta luz te encandilan la vista pero que paulatinamente las pupilas se van adaptando.

Hubo mucho silencio por un tiempo, todos estaban meditando de qué manera descodificaban todos estos conceptos

Entonces en el cielo mejor dicho entre las nubes se deja ver el arcoíris, nuevamente la sonrisa tierna de la tierra.

Deben ser muy compasivo, les dijo la tierra interrumpiendo el silencio meditativo en el que estaban absortos sus inquilinos.

Nadie actúa por devoción a la perversidad, solo que responde a las creencias que tiene en su mente debido a la evolución de su conciencia (Mateo 6.14-15)

Hay que tener mucho coraje para defender la posición de unidad, el mundo de hoy se encuentra muy dividido y es muy fácil ser víctima de la incomprensión hasta se puede recibir lo peor de los seres humanos. Pero ante todo hay que saber perdonar (Gálatas 5.1) (1Juan 2.15-17)

Nadie es culpable de sus actos hasta tanto comprende: que no sabe nada cuando se llega a ese estado de conciencia entonces ya si es responsabilidad de todo cuanto ocurra. (1 Juan 5.4) (1 Juan 4.6)

El venado trata de amenizar el estado de solemnidad en que se encontraban y comienza a lanzar chistes.

(Venado) Bueno, Robertico esto no es una escuela de discapacitados así que ya te puedes ir.

Robertico reacciona y le responde un poco enfadado y con un tono eminentemente irónico Venado has perdido una hermosa oportunidad de quedarte callado, si realizan un campeonato de tontos usted cogería el segundo lugar porque perdieras el primero por tonto

(Venado) He no te ofendas que utilice una jocosidad mía yo disfruto al verte molesto, eso me divierte.-le dijo el venado para atenuar, su la irritación que había provocado.

Pero continua su jocosidad, Haber dime Robertico ¿Cuál es la especie más mediocre del universo?

Robertico que se percata de la doble intención del venado no le responde, pero el venado insiste en su pedantería

(Venado) ¿Quién es la especie más mediocre del universo?

(Robertico) Venado de allá para acá no se oye nada.

(Venado) Si no me digas, dijo el venado insultado .Voy a comprobar si es cierto, déjame subirme en el montículo y usted colóquese aquí donde yo estoy ahora dígame algo para comprobar que tal esta la acústica en este parque. Una vez invertidas las posiciones

(Venado) ¡Preparado!

(Robertico) Si ya estoy listo, escucha.

A tanta insistencia, el niño decide reinvertir su posición a pasiva. Y decide hacerle una pregunta neutralizadora

(Robertico) Venado ¿Quién es la especie más cornuda del universo?

El venado se quedó paralizado, miraba hacia todos los lugares buscando la expresión de los rostros a su alrededor, de momento se percató que era el punto de referencia de burla del momento, todas las miradas se dirigían a él los semblantes de los espectadores solo reflejaban risotadas

(Venado) El venado, atino a sonreír resignado. Tienes razón de allá para acá no se oye nada.

Entonces el venado fue motivo risas y burlas por todo el colectivo y se llevó una gran lección. Trata a tus semejantes de la misma manera que tú quisieras que te trataran a ti, luego no juzgues porque con la misma va que juzgas así serás juzgado. (Biblia)

(Tierra) Vengan todos por favor siéntense, necesito que presten mucha atención a lo que les voy a decir, puede que esté muy lejos de su comprensión pero si se esfuerzan por comprenderlo les dará mucha luz sobre los problemas escabrosos (Mateo 13.9)

La conducta de los individuos depende de la posición que de los astros, cada persona está dirigida por influencias externas que son hilos invisibles que manipulan los astros. Cuando dos planetas se aproxima generan una energía de tensión y se proyecta a los planetas ella en nuestro caso pasa a ser captada por todo el mundo orgánico, y se manifiesta con plagas disturbios sociales o pandemias o desastres naturales

Por esa razón es que se le asocia a cada signo zodiacal a una personalidad determinada, aunque en muy pocos casos, coincide porque los meses están mal diseñados, todos los procesos de la naturaleza son cíclicos, y estos ciclos, están dividido en siete bloques, o múltiplos del siete, para todos los seres vivos, esta es una ley universal se llama ley de octava.

Los meses deben ser 13 con 28 días cada uno más el día del creador, que son los 365 días y el signo que falta en el horóscopo es el del cazador de serpiente. No deben olvidar que la ley de siete esta intrínsecamente ligada a todos los procesos de la naturaleza, como todos los estos procesos son cíclicos esos ciclo están divididos en siete pasos, así las notas musicales son siete, los colores del arcoíris, los ciclos de la luna son múltiplos de siete, como los mese van a estar relacionados de manera arbitraria si la naturaleza, todo está matemáticamente diseñado. Eso no es más que uno de los tantos paradigmas que sostiene la especie humana.

Los seres humanos, no saben que son marionetas de los astros, y que la única forma que tienen para quitarse esas cadenas y liberarse es haciendo un trabajo bien fuerte sobre si mismo. Los humanos tienen tres formas de alimentarse por el oxígeno que respiran, los víveres que consumen y las impresiones que reciben, los seres humanos, no están fuera de la cadena alimenticia todo es alimento, la luna no solo influye sobre marea de las grandes masas de agua en los océanos y los ríos sino también en los líquidos corporales de todos los seres viviente incluyendo al hombre, generando cambios emocionales que a la vez desprenden la energía de la cual se alimenta la luna, solo los capaces de arraigarse a sí mismo dejaran de ser alimento para la luna sus emociones serán más refinadas y la luna se alimenta de vibraciones más densas (2 Corintio 8.3), entonces ese pequeño sector serán los que comprendan que dios está dentro de sus corazones(Mateo 17.20)

Ahora los inquilinos y el visitante del parque de Lansing quedaron estupefactos, se miraban unos a los otros con un asombro indescriptible, entonces la paloma comenzó a volar sobre las cabezas de sus compañeros y la ardilla no dejaba escalar buscando alguna rama que lo acercase más al sol, el pavo real abriendo su hermoso abanico de plumas luciendo sus vistosos colores las flores comenzaron a deleitar con su aroma, mientras el venado daba pequeños pasos sobre el césped húmedo y suave el cisne chapoteaba en el lago mientras el pequeño visitante miraba en el cielo un hermoso arcoíris, que reflejaba a la sonrisa de la madre tierra, la armonía invadía los rostros de los inquilinos y el joven visitante.

El pavo real interrumpe el receso con su carismático proceder.

(Pavo Real) entonces comprendieron que hay cosa que al parecer, perecen ser y no siendo y otras que se están viendo y no se pueden creer. Entonces los moradores y el visitante comenzaron a despedirse, con saludos y abrazos.

De repente sienten una voz que los llaman…

(Tierra) Oigan no se vayan todavía me quedan algunas cosas por revelarles, algunas cositas--- dijo la tierra con voz maternal.

Entonces todos regresaron ansiosos de seguir aprendiendo de los interesantes consejos que les daba la madre tierra, se sentaron todos en el césped a lado de las flores e hicieron un silencio sepulcral.

(Tierra) Los Habitantes de este planeta viven mintiendo inconscientemente porque no conocen la verdad (Lucas 1.4) ellos ni tan siquiera saben que son esclavos, de la oscuridad y solo verán la luz cuando conozcan la verdad (Juan 8.32)

Cada átomo de sus cuerpos, es una copia fiel del sistema solar, ustedes son polvo solar conócete a ti mismo y descifraras los enigmas del universo. No existen, dos seres vivos iguales uno al otro, la igualdad no existe, eso son paradigmas para explotarlo emocionalmente, cada uno de ustedes son únicos, entonces tienen que convertirse en sus propios líderes, en sus propios maestros, en ídolos de ustedes mismos. (Marcos 4.25) (Lucas 12.31)

Los inquilinos del parque y el joven visitante estaban tan absortos que no, se percataron que el sol se estaba despidiendo de ellos. La tierra inspirada al sentir tanta devoción por parte de los moradores, continúo su sermón.

Todo lo los rodea tiene vida, nada está absolutamente en reposo incluyendo esa piedra sobre la que están sentado. Todo vibra en mayor o menor grado de manera cíclica. El sistema respiratorio, es un ciclo, el sistema sanguíneo, la fotosíntesis de las plantas, el ciclo del agua, el del fosforo o el del nitrógeno o el ciclo de los días y las noches, el de las estaciones del año, la trayectoria de todos los planetas alrededor del sol, todos estos ciclos están subdivididos en siete pasos muy bien definidos., por la ley de siete o de las octavas. (Genesis2.2-3). La otra ley de transcendental importancia es la ley de tres, es la que activa todos los procesos de la naturaleza, el lado positivo, el neutro y el negativo, así por ejemplo son tres los colores primarios, el rojo, amarillo y azul, todos los demás son combinaciones de esos tres para que algo funcione con éxito tienen que estar bajo el efecto de estas dos leyes la de tres y la de siete.

Ahora percátense que ustedes forman tres sectores bien definidos los animalitos que son el lado positivo, los seres humanos, representado por el niño, que son el lado negativo, y el neutral serían los vegetales representado por las flores. En total somos siete y como están representadas las dos leyes principales de la naturaleza, todo este conocimiento cuando se lo transmita a sus amiguitos, va a estremecer al mundo (Lucas 21.25-26)

(Robertico) Señora tierra, le agradezco todo lo que usted, nos ha ilustrado, ha sido una instrucción muy valiosa y totalmente desconocida, pero pudiera abordar más sobre la vibración.

(Tierra) Me alegro mucho que me hagas esa pregunta eso es señal de que te intereso el tema pues bien todo vibra y con movimiento cíclico, el sonido se transmite por oscilaciones y ondas vibratorias y como explique antes, todo lo que hablas se materializa, por eso tienes que cuidar todo lo que dices, los oprobios que proferimos se regresan a nosotros pero ya materializados (Mateo 7.1-6), todos tus lamentos, tus resentimientos se materializan, si te quejas porque no llueve entonces no lloverá, si le deseas el mal a alguien entonces el mal se apoderara de ti, todo lo que dices es un decreto y se realiza es como un boomerang que lanzas y regresa a ti (Marcos 7.15-23)ahora comprendes porque eres el único responsable de todo lo que te ocurre y de lo que te rodea son el resultado de tu estado de conciencia, de tus convulsos procesos psicológicos, ahora ya puedes de dejar de culpar a otros de lo que te suceda, debe ser humildes y amorosos (Prov. 10.12) (Prov. 26.11) (Prov. 17.12) (1Juan 4.7-80) (Mateo 23.12)

(Robertico)No tengo palabra con que agradecerle, todo lo que me ha ayudado, sus consejos he conseguido ver la luz al salir de las tinieblas.

Mientras tanto el venado que todavía estaba resentido buscaba la más mínima oportunidad para desquitársela. Entonces se dirige algo irónico al muchacho y le dice

(Venado) Bueno muchachito, ¿ya sabes cuantos limones caben en un saco?

El niño le riposta algo enfadado.

(Robertico) Mira venado las frases duras no rompen los huesos pero fracturan las relaciones.

(Venado) No te parece que llevas demasiado tiempo separado de tu grupo, deben estar preocupado por ti. A ustedes que les gusta la autoridad y les gusta que les diga lo que tienen que hacer, pero además sus líderes son seleccionados por métodos burdos por eso al final terminan en prevaricación (Prov. 25-19). Los de nosotros son producto a la selección natural, por eso disfrutamos de la división social del trabajo, aquí nunca veras una ardilla liderando a una manada de venado, ni a un cisne comandando a un bando de palomas en cambio ustedes si, por eso están estancados no respetan las leyes de las naturaleza-le increpo el venado al niño como para desprenderse de todo su resentimiento.

El niño lo miro y lo trato con indiferencia, el venado esperaba una reacción de el para seguir en el debate pero el joven no le dio ese gusto, se mantuvo ecuánime el venado que estaba hiperactivo le dijo.

(Venado) Te he dejado sin respuesta a ver que tienes que decirme.

(Robito) Que interpretes mi silencio (Prov. 25.11)

(Venado) Ustedes los humanos se aferran a conceptos bajo el yugo de la tradición que los confinan en una prisión mental rechazando nuevos conceptos que finalmente lo tienen que aceptar por el peso de la evidencia (Colosense 2.8).

(Robito) No tengo palabras con que agradecerte solo te pido un favor regálame un minuto de silencio. Le dijo el niño con toda ironía sin ocultar su indignación.

Ante la evidente fricción interviene la tierra.

(Tierra) Por favor dejen esas desavenencias que eso no conduce a nada bueno. Venado tienes razón en lo que dices pero no en lo que haces porque lo que planteas lo estás haciendo con reservas tienes ira en tu corazón, y la justicia sin amor te convierte en hipócrita (Prov. 16.23-23). Es necesario que terminen con esas discrepancias, porque de nada vale tanta enseñanza si no la aplican en la práctica. Dense un abrazo y abandonen el resentimiento.

Entonces el venado y el niño se abrazaron y lanzaron al viento todas sus desavenencias y todos los inquilinos más el turista comenzaron a aplaudir y abrazarse como muestra de paz y aceptación cuando divisaron a un grupo de niños con sus maestros buscando por todos los rincones a Robertico, los inquilinos comenzaron a darle voces y hacerle señales

¡Vengan, vengan aquí esta Robertico!

Y todos de alegría se abrazaron y festejaron el reencuentro, entonces a la tierra le encomendaron decir las palabras de despedida.

Y entonces la tierra les recito un bello poema.

(Tierra)

Pon tu ego en los pies para que ese calzado no te trastorne los pasos.

Báñate desnudo en los lagos para que te fundas con la naturaleza.

Deja que los navíos naveguen por tu mirada. No dañes, a nadie ni de obra ni de palabra (Mateo 7.6)

Cuando se te acerque una ola espumosa salta o tragaras agua (Tito 3.9)

La vida es como el mercado que te sirves de todos tus deseos; pero al final tienes que pagar por tus decisiones

Valora bien si puedes convivir con tus decisiones

No permitas que nadie te ayude a elevar tu conciencia eso es netamente personificado. Detrás de esa ayuda hay una intención oculta. (Mateo 7.15-16)

Se único, no imites para que no ocupes un espacio en el universo que no te corresponde

El pasado y el futuro no existen solo el ¡Ahora!

Ten en cuenta que los vestigios del tiempo ya hablaran ni magos ni hechiceros hallaran, el viejo calendario de losa esmaltada averiado en el tiempo de la oscuridad.

Terrenos cenagosos alearas a un mosaico de arcillas que tendrán testimonio incrustado a montones de escombros en las riveras de tu soledad.

Pero si lograr ser tu propio líder, y maestro, el sol te iluminara.

Los fracasos no existen solo son peldaños escalera hacia el éxito.

Todos tenemos implícito capacidades que se desconocen hasta tanto no se active tu autoestima.

Finalmente todos se pusieron de pie y empezaron a aplaudir durante siete minutos y siete segundos, entonces comenzaron a retirarse tras las huellas del sol que estaba de salida.

Si algún momento de tu estas desorientado, y te sientes que has perdido tu autoestima si no sabes a dónde vas ni de dónde vienes, sin hallarle sentido a tu vida no dudes, en visitar al parque Francés de las flores en el pueblo de Lansing y busca tu rostro en las aguas cristalinas de su lago quizás descubras algo que te sorprenda y haga cambiar tu destino.

FIN

Printed in the United States
By Bookmasters